宵星の憂い　～桃華異聞～

和泉　桂

幻冬舎ルチル文庫

CONTENTS ✦目次✦

宵星の憂い～桃華異聞～

✦カバーデザイン＝清水香苗（CoCo.Design）
✦ブックデザイン＝まるか工房

イラスト・佐々成美✦

宵星の憂い

乾いた道を踏みしめて歩いていた二人の少年に、先を行く父が振り返って「疲れたか」と笑う。年長の少年の年の頃は十二、三で、彼らの出身地にほど近いこの南の地方は違うものの、気の早い北国では、成人できる年頃でもある。

二人のくろぐろとした髪は埃《ほこり》にまみれ、膚《はだ》は浅黒く陽に焼けていたが、それぞれに整った綺麗《きれい》な顔立ちをしていた。

「平気だよ、父さん」

「うん」

五日も歩き通しでは大の大人でも音を上げるであろうに、二人は丈夫なうえに辛抱強く、父親が自慢するのも無理はない。

「もう少しで、鼓《こ》の都に入るからな」

商人である二人の父は、子供たちを連れての商談の旅から戻る途中だった。

鼓の国の都は、鼓都《こと》という。

鼓は小国だが山脈があり高低差が大きく、そのため多様な農作物を収穫できる。鼓は近隣でも有名な農業国で、その豊かさに心惹《こころひ》かれる者は多いと聞く。

「今日はにぎやかだね、父さん」

「何かあるの？」

都に向けて街道沿いを歩く旅人は、彼らだけではない。軽装の者も多く、よく見れば近隣の邑《むら》から集まってきているようだ。

兄弟に口々に問われ、父親はにこりと笑った。

「今日はお祭りなんだそうだ」

「お祭り⁉」

その言葉に、二人はぱっと目を輝かせる。聞き分けよく旅をしていたとはいえ、まだ子供なだけに、祭りと耳にすればそわそわと落ち着かなくなる。

屋台や見せ物など、きっと楽しい催しがあるに違いない。

「大丈夫、今夜は都で一泊するからな。宿に着いて一度荷を下ろしたら、三人で見に行こう」

父親が陽気に請け合うと、兄弟は口々に歓声を上げた。

そんな三人の背後から馬車の音が聞こえ、彼らは急いで足を止めて道ばたに寄る。

彫刻と鮮やかな彩色を施した箱馬車は絢爛《けんらん》たる作りで、貴人でも乗っているのだろうか。

平身低頭する父親の目を盗み、二人はちらりと顔を上げる。

そのとき、勢いで緞帳《どんちょう》がばさりと捲《めく》れ上がり、折からの追い風を受けて前方に吹き飛ぶ。

「あっ」

重い緞帳が、ちょうど二人の手許に落ちる。翡翠《かわせみ》の刺繍《ししゅう》がなされたずしりとした布を、兄弟は恭《うやうや》しく手に取った。

「止まれ。覆いが落ちた」

馬車の中から中性的な声が響く。

声をかけられた御者が、二人の前で急いで馬車を止めた。

「…………」

あまりのことに、二人は息を呑《の》む。

馬車に乗っていた者の横顔が見えたためだ。

その人物の華奢《きゃしゃ》な線は少女めいた印象を残すが、服装も髪型も男児のそれだった。

真《ま》っ直《す》ぐ前を見て横顔しか向けないものの、少年の目は大きく、潤んでいるのがわかる。頬《ほお》は青みがかった白。唇は桜色で、艶《つや》やかな髪を頭上で結い上げてまとめていた。髪を飾るのは卵ほどの大きさの翡翠《ひすい》であり、やはり鳥の彫刻がされている。

そのくせ表情はなくて、本当に作り物みたいだと少年は思う。

「どうぞ」

二人が差し出した緞帳を、人懐っこい御者が「すまぬな」と笑って受け取った。

御者が緞帳を窓から再度取りつけると、もう、中の人物は見えない。少年の美しい顔立ちが隠れてしまったことに、兄と弟はそれぞれ残念に思ったが、彼の顔は瞼《まぶた》の裏側にしっかりと焼きついた。

やがて、馬車が土煙を上げて走り去っていく。

「驚いたな、あの紋章は翡水《ひすい》様の馬車だ」

馬車を見送りながら、父がぽつんと呟《つぶや》く。

「翡水様？」

「この国の第三王子だよ。幼いながらも、美貌《びぼう》で有名なんだ。都の外の離宮に暮らしているそうだから、今日はわざわざ祭りのためにおいでになったのだろう」

「……ふうん」

口ごもったように呟く二人は、走り去る馬車の影をずっと凝視している。

「どうした、二人とも。魂を抜かれたような顔をして。まさか、中が見えたのかい？」

父親の悪戯《いたずら》っぽい声に、二人はこくんと頷《うなず》いた。

「綺麗だった……」

「あんな綺麗な人、見たことがない……」

「そうなのか。俺は見そびれてしまったな。こいつは残念だ」

陽気な声で笑った父が、「じゃあ、行こう」と二人の肩をそれぞれの手で叩いた。

絶対に忘れない。
あの潤んだ瞳、もの言いたげな唇。鮮やかな横顔。
彼がこちらを見てくれればいいのに。
名前を呼んでくれればいい。
そうすれば、きっと――

第一話　籠鳥《ろうちょう》

1

陽都《ようと》六州随一の遊廓《ゆうかく》・桃華郷《とうかきょう》。

街道を逸《そ》れた道を暫《しばら》く進み、桃華山《とうかざん》から流れる川にかけられた武門橋《ぶもんきょう》を渡ると、すぐに巨大な遊里である桃華郷の壮麗な表門が見えてくる。朱塗りの大門には立派な屋根が載せられ、七色の旗が秋風にはためいていた。

門に飾られた扁額《へんがく》には『慾界之仙都《よくかいのせんと》 塵寰之楽境《じんかんのらっきょう》』と彫り込まれ、ここが色町であることを端的に示している。大門には、それぞれの大きさが幼子《おさなご》の身長ほどもあろうという、極彩色の四神獣《ししんじゅう》の彫刻が絡まっていた。

四神獣とは、東の青龍《せいりょう》、西の白虎《びゃっこ》、南の朱雀《すざく》、北の玄武《げんぶ》。それぞれが天帝《てんてい》の命令に従って四つの方角を守護するといわれ、数多くいる神獣の中でも代表的なものだ。尤《もっと》も、神獣を見たことがある者は誰もおらず、これらは空想上の姿とされるのが通例だが、彼らがこの大陸・陽都を守ってくれていると人は信じているのだ。

うららかな秋の午後。

その桃華郷を目指して、四人がかりで運ばれる華麗な輿《こし》があった。

「ほう、あれが武門橋か」

輿の中から呟いた鉦翡水《しょうひすい》は、輿を覆う布を捲って外を窺《うかが》う。街道を行き交う人々の多くは、遊廓の客や商売のために訪れる旅人だった。彼らは郷に場違いな一行と壮麗な輿に立ち止まり、すぐさま人垣ができる。

注目の的の輿は漆《うるし》で塗られ、乗り手がかなりの身分であることを窺わせる。おまけに、先導も警護も立派な身なりの武人が務め、彼らが乗りこなす馬も見事な毛艶《けづや》だった。

一行は、橋を渡る前に進みを止めた。

「翡水殿、ここで下りてもらうぞ」

本来ならば呼び捨てにしたいところだろうが、武人は一応は「殿」という呼称をつける。実際、元寵姫《ちょうき》という翡水の立場はひどく曖昧《あいまい》なものだったからだ。

てっきり下ろされるのは自分が売られていく店の前だと思っていたので、翡水は心外だという顔で相手をちらりと見やった。

「ここで？　なぜだ？」

「ほう、あなたも男妓《だんぎ》として売られた以上は、人に顔を晒《さら》すのは恥と？　これは驚いた。人並みの羞恥心《しゅうちしん》を持ち合わせているとはな」

わざとらしく揶揄《やゆ》するような男の声に、翡水はほっそりとした肩を竦《すく》める。その動きに、髪に挿《さ》した銀細工の釵《かんざし》がしゃらりと音を立てた。

「歩くのは慣れておらぬ。それだけのこと」

翡水の短い回答に、男はぐっと言葉に詰まったようで、その無骨な手指を握り締める。

「では、売られることには異論がないと？」

「選んだのはこの私。当然だ」

「はっ！　さすが、目を潰《つぶ》されるくらいなら、桃華郷へ売られたほうがましだとおっしゃるお方は覚悟が違う」

男は蔑《さげす》むように言った。

「そんなに己の美貌が惜しいのか」

「…………」

「まったく、なんという恥知らずだ！　おまえのような王子を敬っていたとは、鼓《こ》の連中もいい面《つら》の皮だな」

続けざまに悪罵《あくば》されたところで、翡水にしてみれば痛くも痒《かゆ》くもない。

そもそも母は側室、そのうえ第三王子という微妙な立場の翡水は、端《はな》から統治者としての資質など期待されてはいなかった。

翡水は母によく似て嫋《たお》やかで華麗な容姿を持ち、武芸は苦手で、優れているのは楽に舞、詩作ときている。政《まつりごと》や用兵からは遠ざけられ、一貴族として育てられた。鼓で内乱が起きたときに、兵でも挙げれば事態は別だったかもしれない。しかし、王族や多くの兵士が血を流していた頃には、翡水は軍費援助の見返りとして隣国の匏《ほう》に送られていた。

「乗り物に乗ったままなら、裏門に回るのが決まりだ」

「それは願い下げだ。裏からというのは、私の性に合わぬ」

毅然《きぜん》と前を見た翡水が凜《りん》とした声で言い据えると、男は厳《いか》つい肩を竦めた。

「ならば、ここが終点だ」

「仕方ない、輿を下ろせ」

「…………」

先導の武人が合図を送ると、地味だが質の良い衣装に身を包んだ担ぎ手たちがそっと膝《ひざ》を折る。久方ぶりに地面に降り立った翡水は、「ご苦労だったな」と鷹揚《おうよう》に告げた。

「ここであんたとお別れで、せいせいするよ」

「そうか」

「あんたは人の心がない。あんたみたいなやつが王位を継がなくて、鼓の民は幸せだな」

相当鬱憤《うっぷん》が溜《た》まっていたらしく、武人は捲《まく》し立てた。

「あの国は、もうない」

内乱のごたごたの隙《すき》を突かれ、とうの昔に祖国は滅ぼされてしまったのだ。

「はっ！　自分がよければ故国など滅んでもよいのか！」

男は吐き捨て、翡水を嘲《あざけ》りを含んだ目で見やった。

「その顔！　我が王を誑《たら》し込《こ》んだのもその顔ゆえであろう。王が目を覚ましてくださって、これに勝る喜びはない。おまえこそが傾城《けいせい》、亡国の疫病神だ」

かつて翡水の美貌を讃《たた》える詩を競って作らせた王は、翡水をどの寵姫よりも大切に扱った。艶やかで、絹糸のようにしなやかな黒い髪。殊に、常に潤んだ如《ごと》き目は長い睫毛《まつげ》に覆われ、その色合いは翠《みどり》とも黒ともつかぬ神秘的なもの――どんな宝玉よりも美しいと、詩人は絢爛たる輝きをこぞって褒め称《たた》えたものだ。

「やめな。ここは天下の往来だ。騒ぎ立てるのは迷惑ってもんだよ」

不意に人垣の狭間《はざま》から少年の凜とした声が聞こえ、武人は気を削《そ》がれた様子ではたと口を噤《つぐ》む。色町に少年とは、と興をそそられた翡水は、微《かす》かに視線を動かす。

「さて、挨拶《あいさつ》をしてもいいかい」

自然に割れた人垣の中から、綺麗な顔の少年がゆっくりと近づいてくる。

「おまえが翡水か」

つり上がった目は猫のようで、面差しは華やかでなおかつ愛嬌《あいきょう》がある。彼は髪を結い上げており、身につけているのも動きやすそうな袍《ほう》、足許《あしもと》も短袴《たんこ》という格好だった。若草色の衣が、彼の健康的な容貌には似合っている。

「そうだ。そなた、名は？」

翡水の傲然《ごうぜん》とした物言いにも怯《ひる》むことなく、少年は真っ向からその視線を受け止める。

「俺の名は玉卮《ぎょくし》。おまえが売られた黄梅楼《おうばいろう》のあるじだ」

「玉卮か……名は聞いている。これから世話になるな」

翡水はうねる黒髪を払い、玉《ぎょく》でできた杯《さかずき》という意味の名を持つ少年に向かってわずかに笑んだ。翡水の顔立ちのあまりの優美さに、見物人たちが嘆息する気配を感じたものの、意に介することはない。

「綺麗だねえ……あれが鼓の王子かい」

「噂《うわさ》よりずっと美人じゃないか。莉英《りえい》と張り合うくらいだな。でも、鼓ってどこだ？」

「南のほうだろ」

「ああ、三年くらい前に滅びた国だっけねえ」

そんな無責任な噂話が鼓膜を擽《くすぐ》ったものの、通り過ぎるだけだ。

「おまけにあの玉卮の店か。これはいつまで続くか見物だこと」

それだけは、翡水の耳に触れて小さな棘《とげ》のように残る。

玉卮の店は、男妓《だんぎ》を取り揃えた遊廓だと聞いているのだが、何か問題があるのだろうか。

「そなた、私が売られたことを、宣伝したのか」

「当然だろ。王子様を妓楼に迎えられるなんて、滅多にない、まさに珍事だからな」

「結構。それで、その黄梅楼とやらまで、ここから歩かねばならぬのか」

「そのとおりだよ、王子様」

「仕方あるまい。出迎え、大儀《たいぎ》であった」

玉卮は呆《あき》れたような顔つきになり、やがて吹き出した。

「いいね、その物言い。そもそも輿で桃華郷に売られてくる遊妓《ゆうぎ》なんて前代未聞だぜ？　顔は綺麗だし、面白い男妓になりそうだな、おまえ」

「それは褒めているのか？」

「まあな」

玉卮にとっては、翡水は王子であろうが庶民であろうが、売られてきた男妓という意味では大差ないのだろう。彼はあくまで悠然としており、この歳で妓楼のあるじというからには相当のやり手なのだろうな、と翡水は思った。

「ご苦労だったな、あんたたち。こいつはお足だ。旨《うま》い酒でも呑んで帰りな」

玉卮は金の入った小袋を、気前よく先ほどの武人の足許に投げる。

「……でもな、ここで娼妓《しょうぎ》を買うのだけはやめておきな。娼妓を馬鹿にする客に、抱かれたがるやつはいないぜ」

玉卮は言い残すと、顔を真っ赤にした武人にくるりと背を向ける。そして「来な」と言って、白い歯を見せて笑った。

「これが武門橋。あの大門を抜けると桃華郷だ」

桃華郷の大門を潜《くぐ》った翡水は、突然、眼前に広がった壮麗な光景に目を瞠《みは》った。

二階建てあるいは三階建ての建物を彩るのは、煽情的《せんじょうてき》なまでの紅――その一色だった。

調和を乱す奇抜な建築は作れないせいか、それぞれの建築物は主に装飾に工夫を凝らし、一目で店の名前がわかるような意匠も心がけているようだ。

この一軒一軒が、妓院あるいは妓楼と呼ばれる娼館なのか。

「…………」

さすがにぽかんとする翡水を見やって、玉卮はどこか得意げな顔になって胸を張る。

「心がないって評判の王子様も、この景色にはちょっと感動するだろ？」

「心……斯様《かよう》なことまで耳にしているのか」

「そりゃあ、有名な話だよ」

くつくっと玉卮は喉《のど》を震わせて笑い、歌うような節回しで続けた。

「一顧《いっこ》すれば人の城を傾け、再顧《さいこ》すれば人の国を傾く……傾城の王子は心がないってな」

「…………」

「なぁに、安心しな。心なんていらないぜ。男妓にそんなものがあったら、仕事を続けるのは大変だ」

「そうか。では、心がないというのは、我ながら運がよいのだな」

翡水がぴくりとも表情を変えずに言ってのけると、玉卮は一拍置いてから軽く頷いた。

「――かもしれないな。さて、俺の店はちょっと遠いぜ。目印になるような有名な店だけは教えていくから、あとは歩き回ってぼちぼち覚えていくといい」

「ああ」

翡水を気遣ってか、玉卮はゆったりとした足取りで乾いた路面を歩いていった。


いにしえより天帝《てんてい》と神獣に守られしこの大陸は、聳《そび》え立つ天威《てんい》山脈によって中央部分を二つに分断され、東半分を陽都《ようと》六州、西半分を月都《げっと》六州という。二つの地は絶対に混じり合うことはなく、人間には決して天威山脈を越えられないといわれている。

国生みの頃は陽都には文字どおり六国しかなかったが、ここ数百年というもの戦乱が続き、大小さまざまな国が興亡を繰り返している。その数は百とも二百とも言われ、正確な数を知る者はなかった。

多くの国々は貧しく、戦乱が止《や》む気配はない。それでも、神獣の中でも青龍《せいりょう》、朱雀《すざく》、白虎《びゃっこ》、玄武《げんぶ》のそれぞれが加護する四つの国と大陸の中央に位置する楽《がく》は、状況がましだった。

神獣に守られし国は、神獣が王に相応しいと認める者が王位に就いたときだけ、豊穣《ほうじょう》と繁栄を約束される。王は神獣から玉座を借り受けるが、偽りの王が玉座に就けば、国は荒廃するさだめだった。また、王として認められる条件がどのようなものであるかは、国によって違う。資格を持つ者が即位すればよい国もあれば、神意を問う儀式を必要とする国もある。

その中でも、中央に桃華山《とうかざん》が聳える楽は特別な国だ。神仙の加護をいただき、戦乱とは無縁の常春《とこはる》の地と言われていた。

そして桃華山の麓《ふもと》にあるこの桃華郷は、陽都随一の遊廓として知られている。天帝のおわす桃華山に詣《もう》でる人々のために仙人が遊廓を作ったことが始まりで、この世の快楽をすべて味わえると言われていた。

玉庖の案内で翡水が最初に教わったのは、薬店と小間物屋、そして通信所だった。湯屋はどのみちあとで行くので、そのときでいいと教えられる。

「そなたの店に、風呂はないのか」

「生憎《あいにく》な。……ここだ」

黄梅楼はにぎやかな中心地からやや外れたところにあり、建物はほかの妓楼よりも随分大きく、中庭まであるらしかった。

その名のとおり装飾に黄梅を選び、格子《こうし》や屋根を支える大きな柱も梅の彫刻がなされ、そこかしこに黄梅の花が咲いているかのようだ。

まるで香りさえ漂いそうな精緻《せいち》さに、翡水はすっかり感心させられた。

「美しい建物だな」

「お褒めにあずかって光栄だ」

玉巵は店の戸をからりと開けると、「帰ってきたぜ」と誰にともなく言った。

戸を潜ったところは玄関になっており、男妓と客はここから出入りをするという。玄関のすぐ右手が帳場で、男妓たちの部屋は二階のようだ。

「沓《くつ》は脱がなくていい」

「ああ」

それでも冬場だけに足許から冷気が立ち上り、翡水の心をわずかに冷やす。

「こっちが広間で、皆がくつろげるようになってる。おまえも仲間と話したければ、ここに来るといい」

座るよう勧められ、翡水は迷うことなく上座の榻《ながいす》に腰を下ろした。

「……さすが王子様だなあ」

「何か問題が？」

「いや」

破顔した玉巵は目の前に立つと、翡水の顎《あご》をぐっと摑《つか》んで上を向かせた。

「本当に綺麗な顔だ。名前どおりに、髪も目も艶やかな翠がかった黒……初物だったら、水揚《みずあ》げはさぞや高値だったんだろうけどな」

「すまぬな、初物でなくて」

翡水自身はつゆほども悪いと思っていないのだが、この程度の社交辞令は心得ている。

「なに、後宮出じゃ、初物を期待するのが間違ってるってもんよ。気にするな……って、あんたは全然気にしてないみたいだな」

この桃華郷では、身売りをする者を娼妓《しょうぎ》あるいは遊妓という。その中でも、男娼は男妓と呼ばれていた。客は男女を問わず、異性・同性のいずれをも買える。この店は、男が男に躰《からだ》を任せる店だと聞かされていた。

「そなた、私の身の上を知って買い取ったのであろう？　騙《だま》したわけではないから、どうでもよいことだ」

「つくづく面白いやつだ」

堪《こら》えきれなくなったらしく、玉巵は腹を抱えて笑う。その表情があまりに愉快そうなものだから、翡水も年下の少年に笑われることに、苦痛や苛立《いらだ》ちを覚えたりはしなかった。

「本当なら僮《どう》から始めるのが普通だけど、おまえは薹《とう》が立ってるからな。逆に僮を付けて、すぐにでも客を取らせるぜ」

僮とは高級な店にいる見習い兼下働きのことで、遊妓の生活全般を助けるのだと玉巵は手早く説明をする。この僮たちの生活費も、翡水たち遊妓が面倒を見るのだ。

「かまわない」

落ち着き払った翡水に、玉巵は予想どおりだとでも言いたげに頷いた。

「おまえ付きの僮は、秋玉《しゅうぎょく》っていう。歳は十二だが、きっとすぐにおまえにも懐く。ここでのしきたりを教えるのは秋玉の役割だから、大事にしてやりな」

「子供に教えさせるのか？」

「働き手のほうが、俺よりも正しくものを見てることもあるのさ」

言い放った玉巵がぽんぽんと手を叩くと、「はい！」と戸の向こうから声が聞こえてきた。

入室したのは小柄な少年で、盆に茶碗を二つ載せており、翡水に優雅に頭を下げる。髪を二つに分けて結った少年の、宮廷の女官よりも艶やかな仕種《しぐさ》に、翡水は目を留めた。

「こいつが秋玉だ」

「翡水様、秋玉と申します。よろしくお願いします」

はきはきとした秋玉の物言いは、さも利発そうだった。

「ああ、こちらこそよろしく頼む」

「……棒読みだな、翡水」

玉巵に指摘されたものの、翡水は何も言わずに出された茶に口をつける。微かに甘い茶は、とても美味《おい》しかった。

「俺は仙人様を介しておまえを買ったが、匏の王と一つ約束をしたんだよ」

「どんな？」

「おまえは俺に借りを返すまでは、この黄梅楼で働く。それまで、何があろうと店を移ることは許さない。それが条件だ」

どことなく緊張を湛《たた》えた面持《おもも》ちで、玉戽は告げる。

「どんな借りがあるか、知りたいか？」

「いや。額など聞いたところで私にはよくわからぬ。借りを返せるときになったら、そなたが教えよ」

「……いいだろう。店を移る自由がない代わり、この店で働くうえでのおまえの条件を呑もう。何か言っておきたいことはあるかい」

意外な玉戽の言葉に、翡水は「ある」と桜色の唇を動かした。彼が言わなければ自分で持ち出すつもりだったので、渡りに船というものだ。

「私は己の望まぬ客とは寝ない。客を選ぶ権利を与えよ」

旅のあいだ、ずっと考えていたのはそれだ。

己の貞潔に未練などまったくない。しかし、だからといってどんな相手とでも寝られるほど、翡水は人生に絶望しきったわけではない。

匏王の願いは、桃華郷に翡水を売り飛ばして絶望を与えることだったのだろうが、その望みを叶《かな》えてやるつもりはなかった。

それが、今までずっと運命のいいなりになってきた翡水のささやかな反抗だ。

「それじゃあ、いつまで経《た》っても俺への借りを返せないぜ？」

「どうせ行く当てもないのだから、同じことだ」

遊妓たちは女衒《ぜげん》を介して主人に買い取られるが、自由になるためには最初に支払われた自分の代価を返済しなくてはいけない。しかし稼ぎのすべてが自分のものになるわけではなく、店の取り分もある。そのうえ、日々の食費や衣装代の諸々《もろもろ》を主人に払わなくてはいけないので、借金の返済は得てして遠いものだ。

「ふむ……いいだろう、その条件で決まりだ」

頷いた玉卮は、華奢な飾り細工がされた煙管《キセル》からふうっと煙を吐き出した。

どこか懶《ものう》げに目を伏せたあとに、玉卮は再び視線を上げる。

「ただし、今夜の客だけは断らないでもらおうか」

「もう決まっているのか？」

「ああ、ここは楼だから、面倒くさい手続きはないんでね。客は初会《しょかい》からおまえを抱ける」

ここ桃華郷では、店には独自の格付けがされている。

遊ぶには金も時間もかかるが遊妓は教養と美貌を誇るという最高級の店が『閭《りょ》』、同じくやや高額ではあるがそこそこに気楽に愉《たの》しめる富裕層向けの『楼』、そこからだいぶ落ちて庶民的で誰もが安い金で楽しめるのが、最下層の窯子《ようし》を含む『家《や》』と言われる。各店が自分たちの格に応じた名前をつけ、一見してすぐに店の格がわかるようになっていた。

「でも、躾《しつけ》のなってない男妓は店に出せねえからな。おまえに作法を仕込んでくれる客を選んでおいたよ。感謝しな」

彼の表情からはすぐに憂いは消え去り、蓮《はす》っ葉《ぱ》な口調で告げた。

「ああ」

「秋玉、こいつを部屋に連れていってやってくれ」

背筋を伸ばして無言のまま玉卮のそばに控えていた秋玉は、小さな声で「はい」と答えた。

「こちらへどうぞ、翡水様」

「ん」

階段はあまり広くはなく、くるりと螺旋《らせん》を描いて二階に通じている。同じく螺旋状の手すりは梅の枝に見立てられており、蕾《つぼみ》や梅の花が彫刻されている。階段を上がると二階の中央部分に出、そこから四方に廊下が伸びている。要するに黄梅楼は、中庭を囲む回廊のように設計されているのだ。

廊下に出た翡水が何気なく振り返ると、螺旋階段も全体が梅の木を模していた。傍らに植えられているのは垂《しだ》れ梅《うめ》だろうか。春にはさぞや美しい花が咲くに違いない。

「翡水様、ここです」

「ああ」

翡水の部屋は、戸を開けてすぐのところが小さな客間になっている。紫檀《したん》の榻が置かれていたがあまり上質ではなく、調度も見てくれはいいが価値はさほどでもないだろう。

「この奥が閨《ねや》になっています」

「そうか」

「私の部屋はすぐ隣ですので、何かあったらこの紐を引いてください」

秋玉が試しに紐を引くと、どこかで鈴が鳴る音が聞こえた。

「たいてい、楼の皆は昼に起きてまいります。遊妓は部屋の掃除や馴染《なじ》みへの手紙を書いたりして過ごし、夕刻になるとお客様が来られます。風呂はありませんので、ここから離れた風呂屋に仕事が終わったら行くことになっています。泊まりのお客様がおられるときは、躰を拭《ふ》くだけですが……」

秋玉は口上を考えてきたのか、すらすらと口にする。これだけ理路整然と説明できるのだから頭の回転も速いのだろうと、彼の稚《いとけな》い声を聞きながら翡水は考えた。

「おまえが前についていた男妓はどうした？」

翡水の質問に、秋玉は逡巡《しゅんじゅん》することもなく口を開いた。

「お亡くなりになりました」

「そうか……」

それでも秋玉が悲しげに目を伏せるのを見て、翡水は淡々と相槌《あいづち》を打つ。

暫しのあいだ沈黙が立ちこめ、手持ち無沙汰《ぶさた》になった翡水は窓枠に触れた。外に見えるのはうら淋しい光景で、ここが本当に華やかになるのかと、翡水は疑問を覚えた。

「それより翡水様。今日はお客様が来られるのであれば、急がなくては」

「急ぐ？」

反射的に翡水が問い返すと、秋玉が「そうですとも！」と力強く頷く。

「湯屋ですよ、湯屋！　今宵《こよい》は初会、翡水様をこの黄梅楼に相応《ふさわ》しくぴかぴかに磨き上げなくては」

「わかった」

彼の勢いに呑まれるように、翡水は同意を示した。

2

同日、夕刻。

「翡水《ひすい》様、それでは髪を結ってくださいね」

「下ろしたままではいけないのか」

湯屋から黄梅楼《おうばいろう》に戻り、一息つく暇もなかった。

櫛《くし》を手渡された翡水がそう問うと、腰に両手を当てた秋玉《しゅうぎょく》はぶんぶんと首を振った。そのたびに彼の結わえた髪が左右に振れて、まるで馬の尾のようだ。

「いけません。うんと着飾って、髪飾りもつけないと」

「わかった」

答えてみたところで、翡水はあまり器用なたちではない。いや、寧《むし》ろ不器用といってもよく、道中では髪を下ろしていたのだ。首のところで一つに結わえることはできたが、それも緩くてすぐに解《ほっ》れてしまって何度も直したものだ。

髪に手をつけるのが嫌で、まずは衣を選ぶ。持ってきた衣はそう多くないので、紫色のそれなりに華やかな柄のものにした。着替えはすぐに済んでしまい、翡水は仕方なく椅子に腰を下ろして髪を結い始めた。

丸い鏡に己の顔を映して作業を始めたが、はかばかしくなかった。さんざん苦労して髪を結い上げるのに半刻ほどかかり、こんなものでいいだろうと適当に釵《かんざし》を挿した。

「翡水様、支度《したく》はできましたか？」

「ああ、秋玉」

秋玉に向かって振り返ると、彼は「さすがですねえ」と唸《うな》って薄紫の衣をまじまじと見た。

「この上品な色合わせ、俺には真似できないや。でも少し、髪の結い方が」

「髪？」

「折角の艶やかな髪が目立つように、少し高さをつけて結い上げたほうがいいですよ。それに、なんだかもう崩れてますし……」

それでは女性の結い方だと思ったが、郷には郷の流儀があるのであれば、致し方ない。

「わ、崩れてるんじゃなくて……絡まってるのか……。えっ、こっちも……？」

ぶつぶつと呟きながら、秋玉は翡水の髪を直していく。

「……もしかして翡水様、すごく不器用ですか？」

「誰にでも不得手なことはある」

「だって、蝶結《ちょうむす》びが縦になってるし……」

言い淀みつつも、秋玉は何やら楽しそうだ。

「気づいた者が直せばよかろう」

「はいはい。じゃあ、それは私の仕事になりそうですね」

手早く翡水の髪を直して釵も派手やかなものに替えると、秋玉はやっと「うん」と頷いた。

「いかがですか、翡水様」

鏡をちらと覗《のぞ》いた翡水は、結い方一つで随分印象が変わるものだと思いつつ、「いいのではないか」と口にする。

「でしょう！　莉英《りえい》様にも引けを取りませんよ、これなら」

秋玉は得意げに胸を張り、顔を上げて翡水を惚《ほ》れ惚《ぼ》れと眺めた。

「莉英？」

その名は、先ほども耳にしたような気がする。

「この郷で、一番人気の男妓です。――おっと、急がなきゃ」

「もうそんな時間か」

「はい！　今夜のお客様は、とてもいい方ですよ。楼の者は皆、あの方を大好きなんです」

「そうか」

「翡水様は、どんなお方が相手なのか気にならないのですか？」

いかなる相手でも、客である以上は大差はない。翡水は取り立てて関心がなかった。

「今宵はどうせ選べないのなら、考えぬほうがいい。考えるのは次からにしよう」

「落ち着いてるんですねえ」

秋玉は何かを言おうとしたが、外から笛の音がすることに耳を留め、軽やかに窓に近づく。

「見てください、翡水様。いい頃合いですよ」

桃《とう》華《か》郷《きょう》の様子は既に見たと言おうと思ったのだが、重たげな厚い緞帳を持ち上げた秋玉が振り返ったので、仕方なく窓辺へ向かう。そこから外を見やった翡水は、言葉を失った。

そこかしこの建物には提灯《ちょうちん》に火が入れられ、あたりをぼうと虚《うつ》ろに照らしている。町を行き交う男たちの衣も美しく、それぞれがめかし込んでいるのはよくわかった。建物は月光を受けてより妖しげな雰囲気を醸しだし、どこからともなく聞こえる箏《そう》や笛の艶めいた響きが淫《いん》情《じょう》を掻《か》き立てるかのようだ。

「どうです？」

「こうも変わるのか……」

呆《ぼう》然《ぜん》とした翡水の唇からは、感嘆とも驚嘆ともつかぬ言葉が零《こぼ》れ落ちた。

「ええ！　昼間の町はぼんやり寝ぼけてるみたいですけど、これがこの郷の本来の姿なんです。綺麗でしょう？」

「かもしれぬ」

これを綺麗だといえばいいのか恐ろしいといえばいいのか、今の翡水にはわからなかった。

「翡水、入るぜ」

「あ」

入り口から聞こえた玉卮《ぎょくし》の声に、秋玉が慌てて翡水の肩を入り口に向けて押し、自分は巻き上げてしまった緞帳を直す。

「どうぞ」

翡水が告げると同時に、長身の男が玉卮を従えて入ってきた。

「やあ。すまないね、ちょっと玉卮に話があって早く来たものだから……しきたりを無視するかたちになってしまって」

「いいんですよ、燼泉《じんせん》様。うちの店は堅苦しい作法はないですからね」

玉卮はどこか投げやりだが、機嫌は悪くない。燼泉という男は特別な客なのか、頬を染める秋玉もあからさまに浮き足立っていた。

「そうですよ、燼泉様。――いらっしゃいませ。ようこそおいでくださいました」

口上がわからず黙する翡水に、急いで秋玉が後ろから助け船を出してくれる。

「秋玉も、久しぶりだね。少し背が伸びたようだ」

「はい！」

秋玉は嬉しげに声を弾ませる。

燼泉は、貴族といっても通用しそうな、いかにも優雅な物腰の中年の男だった。顔立ちはすっきり整っており、さぞや昔は美丈夫で鳴らしたのだろう。臙脂《えんじ》のきいた衫《さん》が上品で、撫《な》でつけて結った髪や鬚《ひげ》には仄《ほの》かに白いものが混じる。

「君が新しい男妓か。何とも美しい……鼓《こ》の王子と聞くが本当かな」

「そうだ」

翡水の物言いを耳にし、彼は物珍しそうな顔になる。

「なるほどねえ……」

「本当に王子だと言ってるじゃないですか、燼泉様」

「玉卮、君のことは信じているが、女衒を通していないし、眉唾《まゆつば》だと思ってね」

「厳信《げんしん》じゃなくて、今回は四天様《してんさま》直々《じきじき》に頼まれたんですよ。匏王《ほうおう》の依頼だってね。で、どうなんです？」

続けざまに知らぬ人間の名が出てきたものの、翡水にはまるで興味がなかった。

「ふむ。いいだろう、玉卮。暫く、この子は私が買おう」

子、などと言われる年代ではないのだが、彼の年齢から見ればたいていが「子」扱いか。

そんな詮無《せんな》きことを考えながら、翡水はぼんやりと部屋の中央に立ち尽くす。

彼らが退室するのを待って、直接閨《ねや》に導けばいいのだろうか。

「手応えのある子は好きだからね」

玉卮の顔をもの言いたげに見つめながら、燼泉は穏やかな態度で付け足した。

「では、翡水にこの黄梅楼《おうばいろう》での作法を教えてやってください」

「いいとも」

それを聞いた玉卮は微かに頷き、ゆったりとした足取りで簾《すだれ》を潜って退出してしまう。

「秋玉、酒の用意を頼めるかな」

「はい、燼泉様」

続いて秋玉が姿を消すのを見送ってみたものの、この先どう振る舞えばいいのかわからない。

「座ってもいいかい、翡水」

「かまわぬ」

榻《ながいす》に腰を下ろそうとした燼泉は、翡水の物言いを聞いておかしそうに唇を綻《ほころ》ばせた。

「燼泉様、お待たせいたしました」

すぐに酒の用意をした秋玉が、しずしずと部屋に入ってくる。彼は両手に装飾の施された瓶と盃が二つ、それからつまみの果実が載った盆を持っており、恭しく円形の卓子《たくし》に載せた。

秋玉の助けを期待したのに、「君は出ていていいよ」と燼泉はあっさり彼を追い払ってしまう。

「酌《しゃく》を」

「うむ」

燼泉が翡水に酌を求めたので、翡水は仕方なく彼の前に腰を下ろす。間近で眺めた男の顔は、四十半ばというところだろうか。翡水を囲っていた匏王よりは年下だが、恵まれた階級特有の優美さを備えている。

燼泉は酒を二口、三口呑み、傍らの翡水に顔を向けてゆっくりと口を開いた。

「さて、翡水。少し話をさせてもらおう。質問もするが、答えたくないことは、答えずともよい」

「わかった」

燼泉は翡水の盃をなみなみと酒で満たし、呑むように促したので、翡水はそれを口許に近づける。なかなか質のよい酒で、口に含むと香気が広がった。

「ここに座ってごらん」

勧められるままに榻に座り直すと、燼泉が身を寄せてきた。

「顔も麗しいが、それに引けを取らぬ綺麗な髪だ」

秋玉が時間をかけて梳《す》いた髪を一房掬《すく》い、燼泉は唇を近づける。

翡水がその行為に反応しないのを見て取り、姿勢を直した彼は「手強《てごわ》いな」と喉を震わせて笑った。

「君はなぜ男妓になった?」

「玉卮からいきさつを聞いてはおらぬのか」

表情一つ変えずに翡水が言うと、燼泉はあっさりと首を横に振った。

「玉巵は特に教えてくれなかったな。町でも、単に匏王が寵姫を売り飛ばしたという噂しか聞かなかった」

「それを話せば時間がかかる。私が生まれたところから始めるべきか？」

翡水が真顔で問うと、燼泉はいきなり噴き出し、おかしげに喉を鳴らす。

「それでは、かなり長い寝物語になりそうだ。短くできるかい？」

「私は鼓の前王の、第三王子に生まれた。母は私を…」

話しだした翡水は、そこで言葉を切る。

母は翡水に対して複雑な感情を抱いており、それを翡水は幼心に感じ取っていた。

「──母は側室で、私は王位継承からは遠いだろうと周囲にも思われていた。事実、私が育ったのは母の故郷の小さな邑《むら》だ。しかし、父の治世を嫌った叔父が兵を挙げて、すべてが変わった……」

郊外の山地の、美しい湖がある邑。そこで翡水は政治から極力遠ざけられて育てられた。占いによれば翡水の美しさは傾城のそれ、人心を惑わせるという結果だったからだ。

しかし、父は叔父との争いに勝つためにはどうしても匏の助力を得なくてはならず、匏王の望みどおりに翡水を側室として送り込むことを決めたのだ。

当時の翡水は、冷たい美しさでは磬《けい》の王子である翠蘭《すいらん》に並ぶとまで言われるほどの佳人として、隠していたにもかかわらず既に有名だったからである。

無論、翡水に拒む権利はなかったたし、そのつもりもなかった。

「匏の王は処女を好み、年若い娘たちを何十人、何百人と食い散らかした。ゆえに既に普通のことには飽きており、逆に私を熟れさせることにしたのだ」

「熟れさせる？」

「私が王を心から受け容れなくては、つまらぬと思ったのだろう。私の歓心を買おうとした」

「熟れるというよりも、愛情を育《はぐく》みたかったんじゃないか？」

燼泉の質問は、翡水には答えようもないので聞き流しておく。

「さあ。とにかく王は、私に日々たくさんの贈り物をした」

翡水の容姿をもう一度眺め、燼泉は、納得した様子だった。

「私がものではつられぬと知ると、今度は恐怖を与えようとした。目の前で、罪人の首を刎《は》ねたこともある。閨を共にさせ、王の営みを逐一《ちくいち》見ることを何度も命ぜられた。今思えば、恐怖ではなく私が快楽に興味を持つことを望んだのかもしれぬな」

「興味を持ったのかい？」

「一応は」

一応、という翡水の正直な返答を聞き、燼泉はおかしそうな顔になる。翡水が彼らの媾合《こうごう》にまったく関心を抱かなかったことに、気づいたのだろう。

「それで？」

「後宮から逃げようとして、失敗した」

隠すことでもないので、翡水は淡々と答えを口にする。

「ん？　今、大事なところを飛ばさなかったかい？　なぜ逃げようとした？」

「幽閉されることに、飽きたのだろう」

「まるで他人事《ひとごと》だ。だが、おとなしそうに見えて大胆なことをするんだな」

そう指摘されるのも、無理ないことだった。実際、翡水にとってはすべてが他人事のようで……あのときどうして逃げようと思ったのかも、未《いま》だに明確にはわからない。

あたかも霧がかかったように、自分の思考は不明だった。

「武門橋《ぶもんきょう》を渡るのも、歩くのが嫌だと一悶着《ひともんちゃく》あったと聞くぞ。そもそも輿《こし》に乗って売り飛ばされてくる遊妓なんて、前代未聞だ。後宮から逃げて、長旅なんて一人でできるのかい？　それに、逃げるのだって簡単ではないだろう」

聞き手に回っていたはずの燼泉もその点に興味を抱いたらしく、手を緩めなかった。

他国に併合された故郷の小さな邑に暮らす妹が病になったと聞き、すぐに回復したと言われてもそれが気がかりだった。あるいは――。

「後宮の衛兵を籠絡《ろうらく》した。その男の力を借りるはずが、逃れる前に王に捕まり、情を交わしたことが知れて王の逆鱗《げきりん》に触れた」

「籠絡とは、意外と器用だな」

「そうらしい」

けれども、本当は見当もつかないのだ。

――ならば、攫《さら》ってはくれぬか。

あの男に誘いかけた、理由が。

あの日、どうして、翡水は逃げたいと思ってしまったのか。なにゆえに、彼にそうせがんだのか。

いずれにしても籠絡した相手の手助けで翡水は後宮から逃げられるはずだったが、もたついているあいだに衛兵に見つかり、囚われの身となった。

『おまえの心に愛はないのだな、翡水。私なりにおまえを思ったのに、おまえは歌も知らぬ美しいだけの籠《かご》の鳥だったのか！』

王は声を震わせて何度も表現を変えて翡水を罵《ののし》ったが、どれほど激昂《げっこう》しても、翡水の顔を殴ることはしなかった。彼は翡水のこの容貌を、ことのほか大事にしていたからだ。

『怖かったのです。私は、藍珪《らんけい》が怖かった……』

そう、その男の名は李《り》藍珪。

翡水が恐れ、怯えた唯一の人物だった。

顔を見ても声を聞いても、怖くて心臓がぎゅっと痛くなる。そのくせ、どうしても藍珪を遠ざけられなかった。なぜか、その手を取ってしまったのだ。

『――脅されていたのか？　ならば仕方がない。今まで私の目を楽しませたことに免じて、そなたの未来を選ばせてやろう』

常日頃から王は翡水を飾るのに熱心ではあったが、果たしてそれは愛だったろうか。閨房《けいぼう》で営みを見せつけること、それが愛というものなのか。

裏切られたと憤《いきどお》る心は、愛ゆえに芽生えるものであったのか。

翡水には何一つ解せない。解せないけれども、王よりは、あの男のほうがよほどひたむきだったはずだ。

自分の手を取り、逃げようと答えてくれた男のほうが。

「それは王も怒るだろう。わかっていてやったとは、君も大胆だな。その相手のことを、本当に何とも思わずに誑《たぶら》かしたのかい？」

嘆息する燼泉に、翡水は「思うわけがない」と首を振った。

「人は人を裏切り、利用するものだと聞く。あの者には、王が焦がれていた私の肉をやった。褒美には十分だろうと言われたぞ」

随行の武人たちは翡水の仕打ちをそう評したから、きっとそれが正しいのだろう。

「……君はなかなか手強そうだ」

燼泉はそれ以上深追いすることなく、優雅な仕種で盃に残っていた酒を呑み干す。

「嫌か、私の相手は」

半ば挑発的な口調で翡水が問うと、燼泉は空になった盃を置いた。

「まさか。玉卮に任された以上は、どんな遊妓でも仕込むのが私の役目だ」

「そなたにできるのか」

「勿論《もちろん》」

答える燼泉は、やけに自信ありげだった。

「その物言いが……少しやわらかいほうがいいな。高貴な身分というのは好まれるのが常だが、行きすぎると興を削がれる」

挑発的な翡水の言葉に対しても、燼泉はまるで怯《ひる》まない。

「わかった」

「おまけに表情も乏しい。君は歌と踊りが上手いというが……それなりに情感を込めねばならないものだろう？」

「踊るときは、別人になれる」

翡水が答えると、彼は「なるほど」と納得した様子で頷いた。

「手を貸してごらん」

言うなり、燼泉は翡水の手を取る。彼の人差し指と中指が、翡水の手の甲に触れて動く

――そう認識した瞬間、ぞくりと何かが躰に走った。

「な……」

「感じるかい？」

男が翡水の手の甲に、濡れた唇をひたりと押し当てる。

「今のは何だ？」

「快楽の糸口というものだ。肉の悦《よろこ》びを教えるのが私の役目。躾《しつ》けてあげよう、翡水」

腕を引かれた翡水は、そのまま縺《もつ》れるような足取りで閨へ引き込まれた。

「燿泉、様……」

「そうだ。そのくらいの口は利けるのかい」

「利ける」

男娼にするとは思えぬほどの優しく恭《うやうや》しい手つきで、燿泉は翡水に触れる。

「気に入ったよ、翡水。言葉遣いも表情も、できるだけ仕込むことにしよう。誰もが、君のことを欲しくなるように。そうすれば、少しでも早くこの郷から出ていける」

「……はい」

囁《ささや》くように返す翡水は、それでいて別の男のことを思い出していた。

あの男の手は違った。もっと荒々しく衝動のままに翡水を褥《しとね》に引き込むべく動き、彼はそのあとで己の所行が信じられないとでも言いたげな、戸惑ったような顔をした。

「――その男のことは、忘れたほうがいい」

出し抜けに燿泉に言われ、心でも読まれたのだろうかと翡水は微かに目を瞠《みは》る。

「図星かな？」

低く笑った燿泉は、慈しみの籠《こ》もった指先で組み敷いた翡水の額を撫でた。

「外での情人との記憶など、遊妓にとっては毒だ。何の薬にもならない。もう一度、その相手に会えると思うかい？」

王からそこまで禁じられてはいないが、生きて再び藍珪に会えるとは到底思えなかった。

翡水は田舎から出てきた藍珪を誑《たぶら》かして後宮から逃げようとし、それに失敗して藍珪を見捨てた――随行の武人たちはそう言って翡水を罵った。それが世間の噂で、事実なのかもしれない。翡水自身にも、なぜあのとき藍珪を唆《そその》かしたかがわからないからだ。

王は殺さないと言ったが、藍珪はおそらく死罪になったのだろう。

仮に生きていたとしても藍珪が利用されたと自分を憎んでもおかしくはない。そんな男が、自分に会いたがるとはまるで考えられなかった。

ならば、忘れたほうがいいのだ。そうでなくては、翡水はあの男のことばかりを考えてしまう。二度と会えぬ男のことを考えても、苦しくなるだけだ。

「そうだな……忘れることにしよう」

これで、最後にしよう。彼との追憶に耽《ふけ》るのは。

◇　◇　◇

「翡水様。翡水様、おられますかな」

爪先《つめさき》まで手入れされた指で書物を捲っていた翡水は、誰かの呼ぶ声に気怠《けだる》く視線を上げる。

明るい陽射しの午後。

匏の国にあるこの籽玉《しぎょく》で作られた雪白の離宮は、翡水のための後宮で通称は翠玉宮《すいぎょくきゅう》という。

当然他の寵姫は住んでおらず、翡水がこの宮殿のあるじと言ってもよい。どちらにせよ、この宮殿から出られぬ己に、いったいどのような行き先があるというのだ。

「私はここだ」

「お入りしてもよろしいでしょうか」

玉簾《ぎょくれん》の向こうから話しかけてくる男の声は、聞いたことがある。

「……何だ」

「衛兵の隊長の珍《ちん》でございます」

「入るがよい」

「失礼いたします」

本来ならば翡水は誰がこの後宮を警護しようと気にならないのだが、隊長の彼には毎日挨拶をされるため名を覚えていた。

彼は鎧《よろい》を鳴らし、重苦しい顔で威儀を正す。真面目な人物だけに、後宮に入った同性の寵姫に対して、どう接すればいいのか未だにわからないのだろう。

艶やかな深衣を身につけた翡翠は、榻に座したまま珍を一瞥《いちべつ》する。

「新しい衛兵が入ったので、ご挨拶を」

彼らは翡水が不安を感じてはいけないと思い込んでいるらしく、女官や衛兵、宦官《かんがん》が代わるときは決まって挨拶に訪れた。

「ああ、そうか」

榻に膝を崩して座っていた翡水は、さらりと長い髪を掻き上げて頷く。膝に載せた本を閉じなかったのは、さっさと対面とやらを終わらせてほしかったからだ。

「李藍珪と申します」

榻の前に片膝を突き、儀礼どおりに俯《うつむ》いて告げた男の声は、どこか硬さの残る、それでいて美しい低音だった。

悪くはない。寧ろ、聞き惚れてしまうような美声だ。

「顔を上げよ」

「はい」

気まぐれに翡翠が告げると、男がかしこまった声で同意を示して面を上げる。

なるほど、端整な顔立ちの男だった。年齢は翡翠より三つ、四つ上か。

凜々しく、どこぞの若武者のようでもある。

この国のどの王子たちよりもよほど気品があり、精悍《せいかん》な印象を与えた。その名のとおり、藍色が似合いそうな涼しげな顔立ちの美丈夫だった。

「珍とやら。そなた、衛兵を顔で選んだのか？」

翡翠の珍しい冗談をまともに受け止め、珍はぶるぶると首を振った。

「ま、まさか！」

「では、なぜこの者を？」

「陛下の思《おぼ》し召《め》しです。歳《とし》も近く、翡翠様の話し相手になるのではないかと」

「……そうか」

翡翠の歓心を買おうとする国王の気持ちくらい、翡翠にもわかる。けちをつけて、王の体面を潰すこともなかった。

「この者は埍《けん》の出身です」

「…………」

十年近く前に匏は属国の埧を半ば強引に併合し、徴兵も行っている。しかし、匏は埧出身の民を軽んじる風潮があり、いくら実力があっても活躍できぬ者も多い。それで取り立てられたのだから、藍珪とやらは相当優秀なのだろう。

翡水がここに連れてこられてから、もう二年になる。

最初は翡水も自分が後宮の寵姫として扱われることに馴染めなかったものの、次第に状況を受け容れられるようになった。内乱に乗じて他国に攻め込まれた鼓が滅びて父も叔父も死んでしまったことは、風の便りで知った。

ここにいると、するべきことが何もない。

自分がこれまで仕込まれてきた歌や踊りはこんなことのためかと、感情の起伏に乏しい翡水でさえも、半ば虚《むな》しい気持ちになったものだ。

所詮己は、男たちの目を楽しませるための玩具でしかないのだと。

それでも、夜伽《よとぎ》をするよりはましなのだろうが、時間の問題だ。

「よろしく頼むぞ、藍珪」

「はい！」

上擦《うわず》った声で答える藍珪の瞳はくろぐろとしており深みがある色合いだが、それでいて澄んでいる。

綺麗な、目だ……。

そう思った瞬間、わけもなく胸が騒いだ。

「こちらこそよろしくお願いいたします、翡水様」

「…………」

翡水、と名前を呼ばれた瞬間に、またも心が波打つ。

何かを思い出すような、声だった。

「いかがされましたか？」

怪訝《けげん》そうな隊長の声に、翡水はすぐさま現実へ引き戻された。

馬鹿馬鹿しい。いくら退屈とはいえ、詮無きことを考えてしまいそうになった。

「何でもない。下がってよいぞ、二人とも」

「はっ」

二人が立ち去る鎧の音を聞きながら、翡水は目を細める。

この翠玉宮のあるじといえども、翡水には日常生活においての自由はないに等しい。

与えられた書物を読み、楽器を掻き鳴らし、時に舞う。

王が訪れれば酒の酌もしてやるのだが、それくらいのもので、王は翡水が心を開くのを常にない辛抱強さで待っている。

翡水が暇でならぬといえば王が文人や貴族を招いてくれたが、匏王は美しい翡水が人目に触れるのを嫌い、部外者とは衝立《ついたて》越しの会話しか許さなかった。

唯一の例外が翠玉宮の庭で、季節の木々や花々が植えられ、翡水が散策して季節を感じ取れるようになっていた。

それなのにあえて美しい若者を衛兵としてそばに置くことを許すとは、翡水の心を開かせるのに王も相当手詰まりなのか。あるいは、彼がそれほどまでに信用のおける人物で、翡水に手出しをする心配はないのかもしれない。

翡水を笑わせるためなら、王は褒姒《ほうじ》の故事に倣《なら》って狼煙《のろし》すら上げるだろう。

そっと立ち上がった翡水が窓から外を眺めると、宮の外に出た二人の姿が見える。

ふと、藍珪が振り返った。

——あ……。

目が、合う。

翡水と視線が絡んだことに気づいた藍珪が、刹那《せつな》、頬を染める。いかにも堅物そうな男なのに、そのようなういういしい反応を見せたことに翡水は驚いた。

男の唇が、もの言いたげに動いたけれども、声までは届かない。

風が吹き抜けるのを感じた気がして、翡水はそっと自分の解れた髪を右手で掻き上げる。

風を……久しぶりに意識したような気がする。

こんなに爽やかな風を受けるのは、いったいどれくらいぶりだろう。

「何をしとる、藍珪！」

隊長に怒鳴られた藍珪が慌てて翡水に目礼し、視線を解《ほど》いた。
あんなふうに美しい瞳を持つ者に出会うのは、初めてかもしれない。
——藍珪、か。
心臓が不思議な感じに震えて、まだ振動しているかのようだ。
この気持ちは何だろう……？
ともあれ、一応は彼の名を覚えておくことにしよう。
翡水は心に決めた。

3

黄梅《おうばい》の楼《たかどの》に誰にも落ちぬ星あり。

宵空に唯一つ光る星の如く孤高に輝けり。

――いつの頃からか、翡水《ひすい》を示した戯歌《ざれうた》が桃華郷《とうかきょう》で聞かれるようになっていた。

黒髪に光の加減で翠《みどり》がかった黒い瞳、どこか青みを帯びた、玉の如き白い膚《はだ》。あたかも練り絹のようと謳《うた》われる膚は肌理《きめ》が細かく、触れると常にしっとり濡《ぬ》れているのだとか。

宵の口。太陽が西の端に落ちた頃合いが、この郷がにぎわいを見せ始める時間帯である。

淫情を掻き立てるような蠱惑的《こわくてき》な楽の音色がどこからともなく耳に届き、翡水は懶《ものう》げな面持ちで顔を上げる。

この桃華郷に来てから、三年の月日が過ぎた。男妓としての仕事も、それなりに板についてきたのではないかと思う。

「翡水様。恵明《けいめい》様がお見えです」

「わかった」

秋玉《しゅうぎょく》の明るい声に、床に腰を下ろし牀榻《しょうとう》に上体を投げ出していた翡水はゆるりと身を起こす。それから、馴染みの恵明を迎え入れるために身支度を始めた。

今月に入って取った客は、まだ二人。このままでは玉卮《ぎょくし》に月々の目安として課せられた花代を全額稼ぐのは無理で、借金がまた増えてしまう。目安がなければ怠けてしまい、他の仲間にしめしがつかないというのが、玉卮の言い分だったからだ。

尤も、翡水は己の借金があとどれほどなのかと、玉卮に問うたことはない。返済し終えたところで行き先もなし、何らかのかたちでこの郷に留《とど》まるほかないからだ。

結局自分には、籠鳥《ろうちょう》としての暮らしが似合いなようだ。

三年も経てば部屋を飾り、整えることを覚え、この一室の居心地は悪くはない。調度はすべて烏木《うぼく》で統一し、白檀の扇を使ってそのどこか甘い香りを漂わせるよう心がけている。月明かりで照らされるよう、閨の調度には梅を象《かたど》った螺鈿《らでん》細工を施した。また、天井も黒い漆を塗り、そこに細かい螺鈿を嵌《は》め込んで星空を模している。誰もがこの工夫に驚き、感動するのだった。

簾を飾る玉も梅のかたちに彫刻を施し、閨と客間を隔てる緞子《どんす》には鈴をつけた。

「翡水！」

しゃらんと玉簾が揺れ、はっと我に返った翡水の前に、長軀《ちょうく》の男が姿を現した。大股《おおまた》で歩み寄ってきた青年は、翡水を見て喜色を露《あらわ》にする。

塤《けん》に住む今年二十一となる恵明は翡水と同い年で、垂れ気味の目が人懐っこく、やや癖《くせ》のある黒髪の男前だった。体軀はがっしりとしており、日頃から鍛えているのかもしれない。実際服を脱いでも、無駄な肉は一つとしてついていないのだ。鮮やかで若々しい藍色の衫《さん》を身につけた彼は、翡水を見て嬉しげに笑った。そうすると白い歯が零れ、その快活さに目を奪われそうになる。

「躰はもう大丈夫か」

「はい、恵明様」

昨日、恵明が訪れたときは、体調が悪くてとても動ける状態ではなかった。生憎客は取れないと代理の秋玉が告げたところ、商用のついでに郷に立ち寄った恵明は、そのためだけに滞在を延ばして再訪したようだった。

「薬酒を持ってきた。俺の地元の特産で、精がつくぞ」

「わざわざお持ちくださったのですか？」

翡水が問い返すと、恵明は「いや」と恥ずかしそうに鼻の頭を掻いた。

「実を言うと、商売の見本なんだ。一本くらいなら余分もあるから、気にするな」

「ありがとうございます」

翡水がうっすらと笑うと、その淡い表情を見て恵明は眩《まぶ》しげに何度か瞬きをする。こういうときに笑うことを覚えたのも、燼泉《じんせん》のおかげだ。顔の筋肉をわずかに動かせばいいのだから惜しむことはないと、何度も何度も言われたものだ。

「恵明様、今宵はいかようにお楽しみになりますか？」

「無粋だぞ、翡水。まずはおまえの顔を見せてくれ」

榻《ながいす》に腰を下ろした恵明は翡水に向けて、手を差し伸べる。商人である恵明の指は長く、荒れたところが一つもない。労働を知らぬ、金持ちの手だった。ここに来て三年という月日が過ぎたが、翡水もまた、似たような手を持っている。

恵明と同じく辛い労働を知らずに、丹念に手入れをした美しい指先。まるで女のようだと言われる細い指。その先の桜貝のような爪《つめ》を、時に赤く染めることもある。そうすると喜ぶ客がいるからだ。

躰を包むのは上質の絹の衫で、以前恵明が贈ってくれたものだ。それだけでなく釵《かんざし》や耳飾り、普段着の衫など、さまざまなものを恵明は贈ってきた。仕事のついでとはいえ桃華郷に何度も通い、こんな高価なものを次々に贈れるのだから、さぞや彼は裕福なのだろう。

「おまえには翠がよく似合う。相変わらず美しいな……翡水」

盃を手にした恵明は顔を微かに曲げ、真っ向から翡水を見据えるかたちで告げる。

「勿体《もったい》ないお言葉です」

再度わずかに唇の端を上げてみたが、聡明《そうめい》な男は翡水のこの演技には騙されなかった。彼はおかしげに笑い、空になった盃を差し出しながら言う。

「心にもないことを、という顔をしているぞ」

「…………」

彼の頭の回転の速さは、嫌いではない。少なくとも会話を楽しむことができた。

――楽しい、か……。

そういうふうに自分が感じること自体、あまりないことだった。

「夕方の空に一つだけ光る星のように孤高を保つ宵星《よいぼし》……か。やれやれ、誰にも落ちぬ星というのは本当だな。俺がこんなに心を尽くして落ちなかった女人はいないぞ」

「女人ではありませんから」

無論、恵明の言い分にも一理ある。彼は優しく忠実《まめ》やかで、女ならば惚れずにはいられないような細やかな気質の持ち主だった。殊に秋玉は恵明を気に入っており、常々、翡水を落籍してほしいと言っていた。

「おまえはこの郷に絶対に染まらないな。黄梅楼に来て、何年になる？」

「三年に」

「俺を馴染みにしてからは一年。そのくせおまえは、客の俺にもちっとも媚《こ》びてくれぬ。つれないなぁ」

慨嘆《がいたん》するような口調であるものの、彼が本心から言っているわけではないことくらいは、翡水にも呑み込めている。

恵明がこの店に通うようになってから、一年も経つのか。いくら塡が楽《がく》に近いとはいえ、ほぼ毎月というのは回数が多すぎる。そうでなくとも、翡水の花代はかなり高額な部類になるのだ。

「私は誰にも媚びたりはしません」

「己の矜持《きょうじ》を保つことを許された男妓というのも、珍しいな」

この妓館にいる男妓はわずか五名だが、すべてに保証された権利というわけではない。嫌いな客に抱かれれば心が——何よりきっと、この瞳が曇る。だからこそ、そういう連中と寝ずともよいのは有り難かった。

「ええ。——さあ、今宵はいかにお愉しみになりますか、恵明様」

翡水はすっと男の肉体に身を寄せ、わずかに体重をかけてしなだれかかる。重すぎず、軽すぎずという絶妙な感覚での接触がどれほど効果があるのか、燼泉が教えてくれた。

「翡水……」

「あなた様のお好みで、いかようにもどうぞ。私の肉体は、そのためのもの……」

「俺はおまえを抱きたいだけだ。おまえがいれば十分だ」

腕をぐっと引かれて、翡水は恵明の厚い胸板に抱き込まれる。仄《ほの》かな汗の匂いは、恵明の生の脈動を感じさせた。

「おまえは本当に綺麗だ、翡水。おまえを抱ける男は幸せ者だな」

金さえ払えば誰でもこの躰《からだ》を好きにできるというわけではないのだから、その言葉は正しい。

「嬉しいです」

立ち上がった翡水は、牀榻の近くに置いた籠《かご》から紅の紐《ひも》を取り、恵明に差し出した。

「縛ってはいただけないのですか？」

「……馬鹿」

恵明はほろ苦く笑い、翡水の手から紅絹《もみ》で作られた紐をそっと取り上げた。

「俺はおまえを縛らぬ。道具も使わぬ」

その紐を片づけ、恵明は翡水のこめかみにくちづけながら、優しく囁く。

「おまえは閨《ねや》だけで乱れて艶めいた顔を見せると評判だ。普段取り澄ましているだけに、その淫《みだ》らさがよいと。だからこそ、俺は道具は使いたくない」

「なぜ？」

「わからないのか？　おまえが愛しいからだ、翡水。おまえのこの膚には、一筋たりとも傷をつけたくない。俺の躰で快《よ》くなってほしいんだ」

恵明は優しい。彼のその優しさに慣らされても無意味だとは知っているのに、どうしてなのか、時折心が苦しくなる。

愛なんて、知らない。そんなものは――わからない。

翡翠はただ、毎日を無為に生きるだけだ。

「そんな顔、するな」

「……どんな顔ですか？」

「申し訳なさそうな顔だよ」

ふと恵明は笑い、翡翠の髪を撫でた。

「いつか、おまえが心の底から俺を求めてくれればいい。――初めて見たときから、ずっと思ってたんだ。おまえが俺を見て、名前を呼んでくれればいいと。おこがましいことは何も考えないから、ただ、おまえが俺の手で……」

そこで照れたように恵明は頰を染め、「何でもない」と彼にしては珍しく、乱暴に話を打ち切った。

「おいで。おまえを可愛がらせてくれ、翡翠」

「はい、恵明様」

男妓としては薹《とう》が立った翡翠が、こうして客を取っていられるのは、この黄梅楼が特殊な妓院であるがゆえだ。

ここに集う男たちの多くは、嗜虐的《しぎゃくてき》な性向を持つ。

遊妓の同意を得て、彼らを縛り、鞭打《むちう》ち、時には無体なやり方で遊妓を征服する。そんなことが、この店でのみ許されているのだ。ほかの店であればおよそ許されぬ道具の使用も可能だが、その分、花代は特別料金となりかなり嵩《かさ》む。

翡水はその美貌と、言葉遣いこそ丁寧になったものの、亡国の王子という来歴からの媚びない態度ゆえに、誰のものにもならぬ花として評判を呼んでいた。

唇以外は——道具も縛りも無論挿入も容易《たやす》く許すのに、誰にも心を許さないと。

誰にも落ちぬのには理由がある。

翡水の心には、愛がない。

いや、愛だけではない。感情の大きな波というのが、翡水にはない。喜びがない代わりに、怒りも嘆きもない。

だからこそ、誰に何をされても許せるのだ。

心がないと言われる特殊な遊妓の名は、いつしか桃華郷に密《ひそ》かに広まっていた。

尤も、それくらいの愉しみがなければ人は生きていかれないのだろう。


「ん……」

眠っていた恵明が身じろぎをし、腕を伸ばして翡水の躰を抱き寄せる。

「眠れぬのか」

「いえ、目が覚めたのです。私は眠りが浅くて」

「それはいかんな。俺が眠れるようにしてやろうか」

恵明はやや厚い唇を綻ばせると、翡水の躰にのしかかってきた。

「あっ」

「おまえの躰は綺麗だ、翡水……」

彼は翡水の首の付け根に顔を埋《うず》め、まるで汗の匂いを嗅《か》ぐように鼻面を擦《す》り寄せてから、今度は鎖骨に近い薄い皮膚にくちづけてくる。

「躰…だけ、ですか？」

「顔は勿論のこと、どこもかしこも、だ」

感激したように呟く恵明は、今度は顔を離して翡水の裸の胸に吸いついた。

「…ッ…」

さんざん弄《いじ》られたせいで色づき、敏感になった乳首を軽く嚙《か》まれ、その鋭い刺激に翡水は反射的に躰を仰《の》け反《ぞ》らせる。

己の躰には弱い部分がいくつかあるが、翡水にとってその一つが胸だ。乳首を刺激されると、感じすぎて声も出なくなる。

「翡水、褥《しとね》でだけおまえの本当の顔を見られるというのは、本当だな」

「さあ……」

これが本当の顔、なのだろうか。

「こら、もっと虐《いじ》めなければ素直になれぬか？」

悪戯っぽく言った恵明が、すっかり膨れあがった右の突起を舌でぐっと押し潰す。

「あっ！」

途端に艶《つや》めいた声が唇から溢《あふ》れ、翡水は頤《おとがい》を上げた。

普段は無表情な翡水が艶やかな表情を見せるのは、あの燼泉の仕込みの賜《たまもの》だった。

優雅で穏やかな物腰と裏腹に、彼は性技に長《た》け、翡水に肉の悦びを丹念に教えた。幸い彼との躰の相性はよく、師父《しふ》としては適任だった。燼泉の本業は勿論色事師などではなく、近隣の町に住む趣味人だった。親の莫大《ばくだい》な遺産を相続し、申し訳程度に商いをしつつ、日々を面白おかしく暮らしているのだという。

燼泉のおかげで翡水は快楽を感じるには感じるようになったが、我を忘れて没頭したことはない。快楽に喘《あえ》ぎ相手を求めることはあっても、快感に意識が途切れるほどの絶頂の経験はなかった。それゆえに、誰に抱かれたところで夢中になれないのだ。

それは、一番膚が馴染む燼泉に抱かれているときでさえ、そうだった。

我を忘れる交わりというのは、生涯にただ一度、あの――藍珪《らんけい》と交わったときだけだ。

初めてのことでわけもわからず苦痛も大きかったが、未知の快楽が翡水の性感を溶かしたのだろう。

「誰に教わった？」

「え？」

恵明の声に、翡水ははっと我に返る。

「上の空なのは、そいつのことを考えてたからだろ……？」

「そんなことは、」

反駁《はんばく》する翡水を苦しげに見つめ、言い訳を遮《さえぎ》るためにくちづけようとした恵明は、はっとそれを止めた。

「――悪い。それにおまえは……男妓だものな。すまぬ、翡水」

謝りながら膚を探る恵明を見ながら、翡水は複雑な気分になった。

「翡水……」

いつしか夢中になった恵明に胸元を探られているうちに、先ほどまでさんざん掻き交ぜられていた蕾が疼《うず》いてくる。もっと欲しくても言葉にして求めることはできず、翡水は物言いたげな甘い吐息を漏らして身を捩《よじ》った。

「欲しいのか、翡水」

「はい……恵明様」

「嬉しいぞ。おまえは本当に可愛いな」

翡水の両脚を抱え込んだ恵明が、そこにひたりと尖端《せんたん》を押し当てる。男のなまなましい欲望を感じた翡水は、応えるように入り口を緩めた。

「翡水」

囁いた恵明が翡水の足を舐《な》めてきたので、くすぐったさとじれったさに躰をもじつかせ、敷布を摑む。

「恵明様……」

あえかな声で訴えると、恵明が蕩《とろ》けそうな顔で笑った。

自分の客はそう多くはないが、こうして無心に躰を求めてくるのは恵明だけだ。ほかの客にとって、翡水は道具を使っていたぶってもよい獲物同然で、美しい顔が痛苦に歪《ゆが》む様を見たいのだと赤裸々に言われることもあった。

とはいえ、どんなに可愛がってくれたとしても、恵明にとって自分はただの徒花《あだばな》。一時の気まぐれで手折《たお》る相手であり、生涯の伴侶《はんりょ》にはなり得ぬ存在だ。

それがわかっているからこそ、今以上の行きすぎた関係を求めたりもしない。

重い言葉を口にされれば、二人の関係は壊れてしまう。翡水はどう振る舞えばいいのかわからず、きっと恵明を不快にさせる。だから、これでいいのだ。

一戦を交えたあと、脱力する翡水に恵明がふと口を開いた。

「……このところ、桃華郷通いをやめろと、兄貴や周りがうるさくてな」

「そうでしょうね」

翡水の客にしては恵明は年少で、色の道に嵌《は》まり込むにはまだ若い。周囲が止めるのも道理のことで、彼が明日来なくなってもおかしくはなかった。

「今度はまた……そんな顔するな、翡水」

「申し訳なさそうな顔ですか？」

「今のは、淋《さび》しそうな顔だ」

恵明の言葉に、翡水は眉根を寄せた。

「そのような顔をした覚えはありません」

淋しさなど、感じたこともないのだ。そんな顔が出来るわけがない。

「そうみたいだな。だが、おまえがむっとしたのも、初めて見たぞ」

恵明は快活に笑い、翡水の肩を背後から抱く。行為のあとの特有の湿り気を帯びたあたたかな胸に抱き込まれて、知らず、体温が上がるような錯覚に襲われた。

他の馴染みの弛《ゆる》んだ肉とも違う、引き締まった肢体。

情を交わしたあとだというのに汗ばんだ膚は不快ではなく、とろりとした甘い眠りに誘うかのようだ。翡水は恵明に背を向けたまま、その腕の中で微睡《まどろ》み始めた。


店を開ける前の黄梅楼では、広間でほかの男妓たちがにぎやかに話をしている。

普通、桃華郷においては楼の一階が酒場になっており、客たちはそこで酒食を楽しみながら酌婦代わりの敵娼《あいかた》を品定めする。しかし、黄梅楼は特殊な遊妓たちを扱っているので、誰もが入れる酒場は設けず、客を広間に通して一人一人選ばせるのだ。そのあたりは、閭《りょ》の仕組みを真似たのだという。

それでも閭のような面倒なしきたりがなく、客は初会から男妓を抱くことができる。道具や薬の使用も、最初から許されていた。

「それで……様が……」

翡水がその前を通りかかると、それに気づいて広間の話し声がぴたりと止む。

「翡水、お茶はどう？」

声をかけてきたのは、この店の一番人気の花信《かしん》だった。同じ年齢なのに幼い顔立ちの花信は躰つきも華奢で、稚《いとけな》い風情が人気を集めている。

「私は結構」

「でも、たまには……」

「そなたたちと話せることは、何もない」

口べたな翡水が彼らに混じったところで、どうせ楽しい話題などできない。ならば、あえて自他を不愉快な気分にさせずともよいはずだ。

「だから言ったろ。誘っても嫌な思いするって」

憎々しげに奥にいた男妓が呟き、花信が「でも」と淋しげに俯《うつむ》くのがわかった。

花信のことは嫌いではないが、彼のそのおっとりとした優しさを、自分に向けられると対処に困ってしまう。

これまで翡水は、誰かと対等の関係を結んだことがない。

周りにいたのは目上である王と、無数の臣下だけだった。

同年代の学友もなく、ましてや同僚などというものには接したことがないので、三年経つ今でも、彼らとの口の利き方もろくにわからない。

しかし、翡水はそれを不自由だと思ったことはなかった。

部屋に戻った翡水は鏡の前の椅子に腰を下ろし、じっと己の双眸《そうぼう》を見つめる。

それが翡水のいつもの儀式だった。

己の瞳に曇りはなく、疲れた様子もない。安堵《あんど》した翡水が無言で身繕いの道具を納めた小箱を出していると、どこからともなく秋玉がやって来た。

「翡水様、手伝います」

「ん」

秋玉との関係は、気持ちが楽だ。彼は翡水によけいなことを言わなかったし、阿《おもね》るところもまるでない。

「恵明様、近頃おいでになりませんね」

いっこうに改善されない翡水の不器用さに音を上げた秋玉は、いつしか髪の手入れを引き受け、決して翡水自身には触らせなかった。

黒髪を梳く秋玉の言葉に、爪の甘皮を手入れしていた翡水は顔を上げることもなく、淡々と「お忙しいのだろう」と答える。

そうでなくとも冬の長旅は躰に応《こた》える。来なかったとしても、不思議はない。

「なのに時間ができるたびにここに来られて、お優しいですよね、恵明様は！」

「そうだな」

翡水は無表情に答えたが、陽気なたちの秋玉は気にしていないらしく、「塤の出身だそうですよ」とうきうきと告げる。

「……ふうん」

「相変わらず、翡水様は馴染みに興味がないんですねぇ。いけませんよ、そんなことじゃ」

「おまえは口うるさくなったな、秋玉」

「そりゃあ三年も僮をやってますもん。第一、翡水様が無頓着《むとんちゃく》すぎるんです」

謳《うた》うように言われて翡水は苦笑したものの、返す言葉はない。

恵明の住む塤は翡水の故国である鼓《こ》の近隣にあり、かつては匏《ほう》に併合されていた。しかし、匏に対する塤の国民の反発は強く、統治は困難をきわめた。翡水を囲っていた前の匏王が退位すると、新国王は政策を見直し、塤の独立を許したのだ。

そういえば、塡は藍珪の出身地でもある。

過去の記憶は殆どうち捨ててしまったが、それでもなお繰り返し思い出すのは、王のあの呪詛《じゅそ》の言葉だ。

――おまえは人の心を持たぬ。愛を知らぬ鬼じゃ。この先もおまえは愛を知ることはないだろう。鬼には鬼に相応しい場所があるから、そこへ行くがよい。

それがこの、桃華郷というわけだ。

そんな翡水の楽しみといえば、片田舎でひっそりと暮らす、歳の離れた妹の杏林《きょうりん》の成長だけだ。あまりに幼い彼女は鼓が滅びたあと、王族であったことも知らされずに乳母の手で育てられている。翡水は毎年幾ばくかの金子を、彼女のもとへ送っていた。

彼女とのやりとりは年に一度の文のみで、もう、その姿形の印象すら朧《おぼろ》だった。

それゆえに妹の存在は日々を生きる縁《よすが》にするにはあまりにも遠く、翡水はしばしば見失うのだ。

生きる意味を。こうして無為な命を繫《つな》ぐため、春を鬻《ひさ》ぐ理由を。

否、そんなものは、最初からなかったのかもしれない。

「私の話を聞いてないでしょう、翡水様」

「まったくじゃ、つまらぬ男だな、そなたは」

背後からいきなり秋玉ではない者の声が聞こえ、ぎょっとした翡水は振り返る。

そこには、艶やかな黒髪を肩先で切り揃《そろ》えた童子が立っていた。

いつの間に入ってきたのかなどと、無粋なことは聞いてはいけない。

彼は仙人なのだ。

「申し訳ありません、四海《しかい》様」

翡水が髪飾りを揺らしつつ丁重に頭を下げると、相手がぷっと噴き出した。

「……わしは四天《してん》じゃ、翡水」

「そうでしたか。申し訳ありません、四天様」

「そなた、ちっとも悪いと思っておらぬのう。顔に出ておるぞ」

やれやれ、と言いたげに四天はため息をついた。今日の四天は桜色のふわりとした色合いの深衣を身につけており、とてもよく似合っている。彼は髪の毛の一部分を三つ編みにしており、翡水はそれに目を奪われてしまう。

四天は香炉に顔を近づけて目を細めたあと、言葉を続けた。

「わしらが匏王から預かって、そなたをこの黄梅楼に売り飛ばす手筈《てはず》を整えたのに、これでは意味が……どうした？」

「いえ、三つ編みだと」

翡水の物言いたげなまなざしに気づいた四天に問われ、臆することなくありのままを答える。隠し事をするのは、性に合わなかったからだ。

「三つ編みとな？　わしがか？」

「ええ、四天様」

「どれ、鏡を見せよ」

四天は慌てて、秋玉が差し出した鏡を覗き込む。

「む！　これは……四海の仕業じゃな」

まったく、と呟く四天はそれでもまんざらではなさそうで、細い三つ編みを指先で弄りつつも思い出したように唇を尖《とが》らせた。

「話の腰を折るではない。翡水、そなたはここから出る気はないのか？」

「ありません、四天様」

「……ならば、せめてわしと四海の見分けがつくようにせよ。仙人への敬意がなければ生きにくい郷だぞ、ここは」

生きにくいなどと言う四天がおかしくて、翡水はわずかな笑みを浮かべる。

確かにこの郷は、美しいが歪《いびつ》だ。

甘美な一夜の夢を売るけれど、それに溺《おぼ》れる客もいる。娼妓でも足抜けしようとして折檻《せっかん》される者もいれば、情死する者もいた。無論、落籍《らくせき》されて幸福に出ていく者もいるが、それはごくわずかでしかない。

「その笑みをもっと早く見せておればなあ……」

呟いた四天の言葉の意味まではわからなかったが、得てして仙人というのは思わせぶりなもの。神仙の思惑など考えても仕方がないのだろうと、翡水は納得した。

「この楼はどうだ？　玉卮はやり手であろう」

「ええ」

「特殊な愉しみを売る店はどうあっても下品と言われるからこそ、閻として経営するのは難しいからな。あえて楼《ろう》にしているあたり、なかなかの策士よ」

この楼は面倒な手続きがいらないうえに、すぐにでも遊妓を抱くことができるという点で、客には人気があった。

とはいえ黄梅楼は道具や薬物を男妓に使える分、男妓の精神的、肉体的な負担は相当なものになる。そのため、男妓が二、三日客を取れないことを見越して、それだけ高い花代を請求された。そこまでの金子を払ってまでも遊妓を抱きたいというのだから、客たちが相当の好事家《こうずか》で資産家であることは間違いがない。この店はつくづく、特殊なものだった。

そして、この生活は一生続くのだ。そのことになんら痛痒《つうよう》はなかった。

4

燦々《さんさん》とした陽射しが眩しく、まるで目に突き刺さるようだ。

娼妓は夜の世界に生きるもの、こうして昼の世界に引きずり出されれば、翡水《ひすい》はその明るさに灼《や》かれそうになる。

まるで、炎に飛び込んでいく蛾《が》のように。

東昇閭《とうしょうりょ》にほど近い一軒の楼《ろう》の裏口に回り、翡水はからりと戸を開ける。人の気配がないので、「誰か」と奥に向けて声をかけた。

「松露《しょうろ》の稽古に来たのだが」

ぱたぱたと走ってきた女将《おかみ》は、「ああら、翡水じゃないの」と大袈裟《おおげさ》な声を上げた。

翡水は七日ごとにここに来ているのに、いつもこのわざとらしい歓迎をされる。

「あんたの歌も踊りも素晴らしいって評判だよ。いっそ男妓なんて辞めて、こっちで身を立てたらどうだい」

目許に派手な化粧をした女将は、翡水の腕を摑んで中に入るように促した。振り払うのも鬱陶《うっとう》しいと、翡水はなすがままにされる。

「それでは、借金を返せぬからな」

「だからって黄梅楼《おうばいろう》じゃねえ。あそこは……」

「私には十分だ」

あからさまに秋波を送られても、翡水は女性は昔から苦手で、まともに取り合う気にはなれなかった。

それはおそらく、自分の母親との関係に起因するのだろう。

美しいが側室だった母は、翡水の美貌をずっと妬《ねた》んでいた。

翡水の顔に傷をつけてはならぬと父王に言われていたがゆえに、どれほど妬心《としん》に駆られてもそれだけは我慢したようだが、見えないところで打たれたり抓《つね》られたりするのは日常茶飯事で、翡水はいつも傷だらけだった。

ゆったりと躰《からだ》を覆い尽くす衣に隠された部分は、誰にも見えない。

だから母は、自分を傷つけたのだ。

翡水の裸の心を、生身の部分を、深々と。

笑うと人に媚《こ》びていると叱られ、泣くと阿《おもね》っていると叩かれた。翡水は自然と母を畏《おそ》れるようになり、可愛げがないとますます疎まれた。そうしていつしか翡水は、感情の起伏の乏しい佳人に成長した。

それが女の業《ごう》なのだと幼い時分に学んでしまった翡水は、女性に対しては恐ろしさと嫌悪感が先立ってしまう。男妓として男に抱かれる命運を選んだのも、翡水にとってはおかしいことではなかった。

ただ、歌や踊りを教えるときだけは、翡水は彼女たちの性別を忘れて没頭することができた。指や腕に触れても別段嫌な気分にならなかった。寧ろ、覚えのいい少女になど出会うと熱を込めてしまい、つい時間を忘れて稽古をつけることもある。

実際、翡水の歌や踊りは鬼神が乗り移るとさえ言われており、人からは「心のない男がなぜ斯《か》くも見事に舞えるのか」と不思議がられるのだ。秋玉《しゅうぎょく》など、「不器用でもそれとこれは別なんですねえ」と遠慮のないことを言っていたが、その気持ちもわかるのだった。

「翡水？」

ぼんやりしているうちにここぞとばかり腕を強く引かれ、さすがに嫌になった翡水は簫《しょう》の包みを抱え直すことでさりげなく女将の手を解く。

「すみません。それで、松露は？」

「師父《せんせい》の到着を、今か今かと部屋で待っておりますよ」

「わかった」

階段をそろそろと上がっていき、いくつもの部屋を通り過ぎて松露のところへ向かう。この楼は黄梅楼と違い、多くの娼妓を抱えているのだ。

「松露、入るぞ」

声をかけて部屋に足を踏み入れた翡水は、驚きに息を呑む。

部屋の中央に、人が倒れていたからだ。

「松露！」

急いで彼女に近寄った翡水は膝を突き、倒れ伏した松露を抱き起こす。松露の顔は土気色で、口からは泡を吹いていた。

……死相が浮かんでいた。

「女将！」

咄嗟《とっさ》に翡水は声を張り上げ、女将を呼ぶ。

松露の首にははっきりと締められたような痕《あと》が残り、倒れた香炉の灰が飛び散っている。

窓辺では片方の留め具が外れた緞帳が、ゆらゆらと風に揺られていた。

「女将！　女将！」

「はいよ」

「松露が！」

翡水の取り乱した声にやって来た女将は、部屋を覗くなり、ひいっと叫んで後ずさる。

耳をつんざくような金切り声に、翡水は顔をしかめた。

「翡水……あんた、」

「私ではない。早く医者を呼べ！」

「へ、へいっ」

ぱたぱたと走っていく女将を尻目に翡水は彼女の頬や手に触れてみるが、やはり、既に事切れている。

「松露……」

いったい、彼女に何があったのだろうか。遊妓とはいえ、まだあどけない少女なのに。

「馬鹿だよ……」

「え？」

人の声に翡水が振り返ると、いつの間にか戸口に少女が佇《たたず》んでいた。彼女は松露と同じ娼婦だろう。

「妙な男を間夫《まぶ》にしてたんだもん。絶対、松露の稼ぎが目当てだったんだよ」

「間夫か……」

「だからあたし、忠告したの。間夫なんてないほうがいいって」

どこか後悔を交えた口調に、彼女の抑えた怒りと優しさを感じ取った。

自分は、誰かのためにこんなふうに憤《いきどお》ることができるだろうか。

秋玉や玉卮《ぎょくし》がこんな目に遭わされたときに。

「間夫がいなければ、この世は地獄なんだろう？」

「じゃあ、翡水様はどうなの？」

核心を突いた問いに、翡水は思わず答えに詰まった。

「翡水様には、間夫のいないこの郷は地獄？」

「……いいや」

どうでもいいことだ。

確かに昔に比べて、翡水は変わったかもしれない。他人の感情の機微《きび》を推し量ろうとするようになったし、己の言動にも気をつけている。しかし、実際のところは、松露の屍《しかばね》をこの腕に抱いていて何も思うことはなかった。


「ただいま戻りました」

玄関で告げたところで、返答はない。

どうせ勝手知ったる黄梅楼なのであるじに挨拶をする必要もないと玉巵の部屋を通り過ぎようとしたが、どこか渋みのある男の声が室内から聞こえたように思え、翡水はふと足を止める。立ち聞きは趣味ではないが、覚えのある声だったからだ。

「誰だい？」

再び翡水が歩きだす前に相手は敏感に人の気配を察し、部屋の内側から声をかけてくる。

従った。

「翡水です」

廊下から室内に向けて話しかけると、一瞬の沈黙の後に人が動く気配がした。

「入りな」と中から呼ばれたので、翡翠は華やかな文様を織りなす緞子を捲り上げ、玉巵に

「やあ、翡水」

「燼泉《じんせん》様……」

榻《ながいす》に並んで腰を下ろしていたのは、燼泉と玉巵だった。茶を飲んでいたらしく、卓子には

椀と美味しそうな菓子が置かれている。

燼泉を目にしたおかげで、このところ鬱《ふさ》いで暗かった翡水の表情がわずかに明るくなる。

煙管《キセル》を手に片膝を立てていた玉巵はそれに目敏《めざと》く気づき、「現金だねえ」と言った。

「申し訳ありません。でも、久しぶりなものですから」

「燼泉様は、暫く旅をしていたのさ」

「そうだったのですか」

翡水が驚きを表情ではなくその言葉に込めると、燼泉は「ちょっと奏《そう》のあたりまでね」と

頷いた。

「旅は私の楽しみの一つだ。――君にもお土産《みやげ》を買ってきたんだよ、翡水」

「お心遣い、ありがとうございます」

燵泉は翡水にとってこの黄梅楼での作法を教えてくれた男であり、そして、三年経つ今でも、何となく頼ってしまう人物でもある。周囲の数少ない年長者だからかもしれない。

彼は床に膝を突いた翡水の頬をそっと撫で、優しく目を細めた。

「相変わらず綺麗な瞳だ。君が誰にも落ちぬからというだけではなく、その目を湖に映る星に喩《たと》える者もいるとか。少し翠《みどり》がかった目がそう連想させるのだろうな」

顔を合わせる客はそう多くはないのだが、翡水を讃える言葉は郷に広がっている。

「そりゃあ、王に目を潰すか売り飛ばされるかどちらかを選べって言われて、目を選んだんだ。皆が見惚《みと》れるほど綺麗に決まってますよ。いわゆる星眼《せいがん》ってやつだ」

棘《とげ》のある玉巵の言葉を流し、燵泉は己の懐を探って小さな包みを取り出した。

「土産の耳飾りだ。あとで見てごらん」

「はい、ありがとうございます」

初めて翡水がほんのり微笑《ほほえ》むと、燵泉は満足げに「その顔が何よりの贈り物だ」と笑った。

今でもしばしば翡水の元を訪れて抱いてくれる燵泉は、ほかの客と違って、翡水への執着をまったく見せない。おそらく、彼自身が望んで翡水を手に入れたからではなく、玉巵に頼まれての手ほどきだったからだろう。

しかし、重い感情と執着に縛られるのは御免な翡水には、それがかえって有り難かった。

自分はここで、仕事として躰を売っているにすぎない。その身の上にどろりとした獣脂《じゅうし》の如き重い執着を注がれても、苦しさに息ができなくなるだけだ。

「相変わらず燼泉様は翡水に甘いねえ」

燼泉の隣に座ってお茶を飲んでいた玉卮が、からかうような口調で口を挟んでくる。

「私は君にも甘いだろう、玉卮」

慌てることなく、燼泉は鷹揚に告げた。

「そうですかね。笑顔一つでいいなんて。礼代わりに、翡水に一夜相手をさせればいいものを」

「翡水の笑顔は夜伽《よとぎ》よりも貴重なものだよ。作り笑いでないのがわかれば、よけいにね」

客商売に慣れたとはいえ、もともと無表情で感情の起伏に乏しい翡水が笑顔を覚えたというのは、大きな変化だろう。

「ま、夜伽だって、翡水のあしらいはまだまだですよ」

「それでも翡水には可愛げがあるよ。変につんけんしていないし、何か味がある」

「見てくれはともかく、子供なんです」

「君に言われたくないな、玉卮。この子はただ不器用なんだ」

「はいはい。まったく顔がいいのは得だねぇ。愛想がないのも、不器用ってだけで許される」

玉卮は忌々《いまいま》しげに呟き、翡水に向き直った。

「普段はあまり表情のないこの翡水が、閨《ねや》で乱れて苦悩の色を見せるから、そそるんだろう。よくできてるじゃないか」

「そりゃ、これまでの俺の見立てに間違いはなかったでしょう？」

齢《よわい》十五で生母からこの店を引き継いだ玉卮は、十八の今でも少年じみた面差しのままだが、申し分ないやり手の楼主だった。

翡水を含めた五名の男妓は粒選《つぶよ》りで、客の選び方が上手い。黄梅楼は特殊な目的の客が集まる妓楼だが、いくら興味があっても、なかなか踏み出せない分野でもある。玉卮は頭を悩ませた末に、そのような趣向に少々興味がある程度の客が、建物や調度が目当てだと言い訳して店を訪れてもおかしくはない、素晴らしいつくりの店に改装したのだ。

「翡水、おまえさ、本当は歌や踊りを教えるのを本業にしたほうがいいんじゃないか？」

玉卮まで、あの女将と同じことを言うとは。翡水が答えるより先に、燼泉が口を挟む。

「してもいいのか？　玉卮、君には前の匏王《ほうおう》との約束があるのだろう」

「そうなんだよなあ。代替わりしたとはいえ、約束は約束。違《たが》えたらあちこちに迷惑がかかる。まったく、悩ましいったらありゃしない」

燼泉の肩に猫のようにしなだれかかり、玉卮はわざとらしくため息をついてみせる。

玉卮は燼泉と古い知り合いだというが、躰の関係はないようだ。いったいどういう間柄なのかと気になるときはあるが、聞いてみたことはない。結局、それらは翡水にとってどうでもいいことだからだ。

「ああ、松露のことを聞いたよ」

三日ほど前に亡くなった娼妓のことを話題に出し、燼泉は悲しげな目つきになった。

「なかなか愛嬌のある娘だったらしいじゃないか。女将も目をかけていたって話なのに、残念だな。犯人は見つかったのかい」

「まだだけど、間夫が怪しいんじゃないかって話ですよ。そのうち神仙の裁きがあるでしょうよ。旦那も心配しなさんな」

ふう、と煙管の煙を吐き出してから、玉巵は何でもないことのように言う。

誰が死に、誰が生きるということは、この大陸では日常茶飯事なのだ。郷ではその死因が情死や性病など、外の世界ではあまり見られないものである割合が高いだけだった。

「翡水、彼女は君にとってもいい生徒だったのだろう？　残念だな」

「べつに。生徒はたくさんいますから」

「おや、気にならないのかい？」

燼泉の言葉に、翡水は殊更に淡々と答えた。

「ならないといえば嘘になりますが、いつか忘れてしまうでしょう」

「手厳しいな。苦い記憶は消してしまったのかい？」

「忘れました、何もかも」

かつて共に逃げようと誓ったあの男のことも、今は朧《おぼろ》だ。翡水にしては珍しく、忘れてしまいたいと一心に願い続けたためだろう。

「忘れてしまえたのか……」

「そう勧めたのは燼泉様ですよ」

あの男とはもう二度と会うこともないのだから、それでいい。

恐怖心を乱されることもなく、この郷で静かに朽ちていくのが己の運命なのだ。

燼泉はわずかに表情を曇らせたものの、気を取り直したように問うた。

「そうだったな。だが、今回のことでは少しは落ち込んでいるんだろう？」

「え？」

「少々窶《やつ》れたようだ。可哀想に」

「自分では、よく……わかりません」

松露の件があってから、少しばかり食欲が落ちていたことを翡水は思い出す。気にしないつもりではあったものの、さすがに可愛がっていた弟子が死んでしまったことに、意識せずとも影響されていたのかもしれない。

「それでもいいんだ。焦らずとも、いつか、わかるようになる」

「………」

「君を私に託した玉卮に、感謝しなくてはな」

燵泉は悪戯っぽく告げ、さりげなくあるじに花を持たせる。このまま燵泉を独り占めにしては玉巵に悪いだろうと、翡水はこの場を立ち去ることにした。

「では、私はそろそろ……」

あまり機嫌のよくない様子で煙管を吸っていた玉巵が、その先端をかんと器にぶつけた。

「ああ、そうだ、翡水」

「何か？」

「今夜は、新しい客を取ってほしいんだ」

「………」

軽く発された言葉は重大なもので、耳にした途端、自《おの》ずと黙り込んでしまう。

「おや、わざわざご指名なのに不服かよ？」

わかっているくせに、揶揄するような玉巵の声音が憎たらしいと思う。

玉巵は己の才覚に絶対の自信を抱いており、この黄梅楼がいかに特殊な遊廓であろうと、それを羞《は》じるところはない。

面倒見はいいが優しいだけではなく、翡水のこともからかったり意地悪をしたりと忙しい。気まぐれで手に負えないものの、翡水が対等に口を利くことに文句を言わないし、根は悪い人物ではないだろう。

もとより、翡水自身の凪《な》いだ心は、玉巵の振る舞い程度では波立つことがない。どちらか

といえば明るく素直な秋玉のほうが、玉卮のやり方に振り回されている様子だった。

「私は馴染みは五人までと決めている。それ以上は……」

「俺の見立てが間違ったためしはないだろ、翡水」

翡水の言葉を乱暴に遮り、玉卮はにっと紅唇《こうしん》を綻ばせる。それから真顔になり、射竦《いすく》める
ように翡水の双眸を見つめた。

「今度のは本物の上客だ。おまえの借りを返す近道になるかもしれないぜ？」

「——わかった。会うだけ会おう」

そう答えつつも、翡水には何の実感もなかった。

借金を返し終え、自由になったらどのような未来が己を待ち受けているというのだろう？

翡水には、帰る家はおろか、故郷も国すらもないというのに。

「うんと着飾って迎えてやりな。馴染みになってもらわないといけないからな」

「……ああ」

日常着にあたる袍《ほう》を身につけていた翡水は、玉卮の言葉に頷いた。

「媚薬《びやく》が欲しけりゃ、秋玉を遣いに出すといい。毛《もう》の店で珍しい薬を入れたって話だ」

「行かせよう」

翡水はちらと燼泉を見たが、沈黙を守る彼は涼しい顔で茶を飲んでいた。

身支度を整えた翡水は、秋玉に命じて髪をあえて緩く結っていた。美しい黒髪がはらりとほつれる様がいいと、それを好む客がいるからだ。

帯もあまりきつく締めては興醒《きょうざ》めなので、引けば解ける程度に緩めておく。

翡水は秋玉に客を先に自室の客間に通し、あらかじめ酒食でもてなすことを命じた。そして、十分に頃合いを見てから、翡水は着飾ったなりで部屋に向かった。

今か今かと待ち詫《わ》びてからの登場のほうが、娼妓を目にした客の喜びは大きくなる。

燿泉が教えてくれたことは、そうした男心を擽る技巧まで含まれていた。

「翡水でございます」

玉簾《ぎょくれん》越しに室内に向かって声をかけると、既に秋玉によって部屋に通されていた客が身じろぎをする気配がした。榻の軋《きし》む音はそう重くはなく、寧ろ軽やかだ。

「こちらへ」

くぐもってはいるものの、なぜだろう……その声の深みに、翡水は故郷の湖を思い出した。足を浸した水の、清冽《せいれつ》な冷たさを。

硬い声は、想像していたよりもずっと若い。

目を伏せた翡水はじゃらりと音をする簾を潜り、部屋の奥の壁際の榻に腰を下ろした客のもとへ、ゆっくりと歩を運ぶ。

今宵の客は翡水を端から指名ということで、面倒な品定めの時間はなく、これが初顔合わせとなる。

翡水は俯き加減に数歩進んでから、男の前に跪《ひざまず》いた。

視界に入った男の衫《さん》は緑がかった上品な黒衣で、裾には同じ色合いで細かな刺繡が施されている。沓《くつ》も革製だが軽そうでつくりもよく、かがり方にも凝った細工がしてあった。

やはり、相当の金持ちということか。悔しいが、玉巵の見立ては間違っていないようだ。

「顔を上げよ」

「はい」

跪いた翡水は顔を上げると、男は目から下を頭布で覆い隠していた。わずかに見えるのは涼やかな目許のみで、相当用心深い人物のようだ。あるいは高貴な身分の者がお忍びで来たのだろうか。先ほどから声がくぐもっている理由が、漸くわかった。

鋭い目つきはまるで猛禽《もうきん》のようで、衣服の優雅さとは対照的な野性味が垣間見《かいまみ》える。露《あらわ》になった手の皮膚には張りがあるし、年の頃は翡水よりも五、六歳は上というところか。

この男とはどこかで会ったことがあるか、誰かに似ているように思うのだが、気のせいか。

翡水はこの三年間のことを思い出そうとしたが、雑多な記憶に埋もれ、追想は上手くいかなかった。

「私の名は李《り》。よろしく頼む」

「はい、李様」

ありふれた姓だ。確か恵明《けいめい》も李と名乗ったし、いずれにしても偽名だろう。

黄梅楼のような特殊な店で遊妓を買うことを恥じ、偽名を名乗る者は多い。恵明のように
あっけらかんとした朗らかな男のほうが、珍しいのだ。

儀礼的に唇を綻ばせた翡水は身を起こすと、李の隣に腰を下ろし、円形の卓子に載ってい
た壺を手に取った。

「どうぞ」

「酒はいらぬ」

断った男は翡水の視線をしっかりと受け止め、目を逸らすことはない。

「今宵はどなたかのご紹介ですか？」

「いいや、桃華郷は初めてだ。ただ、おまえの噂を聞いた」

素っ気ない返答だった。

「光栄です」

噂というのが嘘か真かは知らないものの、それを問いただす必要はない。

店の性質上、客はこの楼に通っていることを吹聴しないだろうが、趣味人同士で何らかの
繋がりはあるのかもしれないからだ。

「一晩に一人しか客を取らないのであれば、明朝までおまえを好きにしていいのだな？」

「はい、いかようにも。ですが、夜はまだ長い。よろしければ、あなたのことをお聞かせいただけませんか？」

丁重な言葉遣いもまた、燼泉によって仕込まれたものだ。

閨で抵抗するときだけあの権高な物言いをしたほうが、男は悦ぶものだ、と。

要するに閨では徹頭徹尾演技をしろというのが、燼泉の主張だった。実際、そうしたほうが客の受けがよい。

「私は埍《けん》の人間で、普段は商売をしている。語れることはそれくらいだ」

男の言葉は冷淡で、とりつく島がない。欲望に逸《はや》った性急さはないものの、相手を拒むような冷たさがあり、逆にいなすことが難しかった。

「閨には行かぬのか」

「——ならば……どうぞ」

無粋なものだと思ったが、客が所望する以上は仕方がない。

翡水は艶然《えんぜん》と笑い、優雅に裾を捌《さば》いて立ち上がり、彼を奥にある閨へ招いた。

「こちらへ」

李は導かれるままに、黒檀の牀榻《しょうとう》の脇に立つ。

「あっ！」

不意に背中に衝撃を受け、翡水は寝台に倒れ込んだ。李に突き飛ばされたのだと把握するまで、一瞬の間を要した。

「李様、何を……」

「おまえを抱きに来たと言ったはずだ」

言いながら彼は翡水にのしかかり、衫の帯を強引に解いた。もともと緩く結ばれていただけなので、帯はあっさりと解ける。

「このようなやり方は、」

「嫌いか？」

言葉を引き取り、李とやらは言い放つ。

李のことのほか冷たい掌《てのひら》が翡水の膚《はだ》を弄《まさぐ》り、心まで冷やすようだ。その乱暴なやり口は下品で、さすがの翡水もむっとした。

「嫌いです」

「だが、おまえは男妓。拒む権利などないのだろう？」

「………」

「玉卮と言ったな。あのあるじ、初会は倍額支払えば、おまえを好きにできると言っていたが」

「！」

湧《わ》き起こる怒りに震えながら唇を噛むと、すぐさま血の味が舌先に滲《にじ》む。

玉卮のやつ、自由になった暁には一発平手打ちをしてやっても罰《ばち》は当たらないはずだ。

「どんなに乱暴に扱ってもいいと。おまえはそのための男妓だと」

「くちづけだけは許しません」

翡水は押し殺した声で、それだけを告げる。

「……いいだろう。すっかり男妓らしくなったな」

男が笑むこともなく返した言葉に含みを感じたものの、問ういとまはなかった、彼がいきなり、解けた帯を使って翡水を後ろ手に縛り上げたためだ。

「っ」

閨での用途のため、あらかじめやわらかくしてある紅絹の紐とは違い、帯で縛られると皮膚に擦《こす》れて痛かった。

翡水は決して、こういうやり方が好きなわけではない。心がないと言われていても、好き放題にされれば心が荒《すさ》む。それでも黄梅楼で身売りをすることに耐《た》えられるのは、他人に蹂躙《じゅうりん》される回数が少なくて済むからだ。

激しい動きに、髪がはらりと解ける。

「緩めろ」

翡水を強引に這《は》わせて腰を掲げさせると、男は双丘《そうきゅう》の狭間で息づくように震える秘蕾《ひらい》を容易く探り当てた。

「はい…」

仕方なく、翡水は下半身の力を抜く。客によっては一から解すのを好む者もいるため、あえて何も準備してこなかったことが間違いだった。

「く……うっ……」

痛い……。

切っ先を半ば強引に捻《ね》じ込まれる特有の感覚に、腿《もも》が震える。

熱よりも先に、ただ痛みを感じるばかりで、翡水は引《ひ》き攣《つ》った声を上げた。しかし、このような男に淫声《いんせい》を聞かせるのも口惜しいと、反射的に敷布を噛む。

「声を聞かせないのか」

翡水の覚悟を気づいたらしく、男が揶揄するように問う。

「お待ち……ください…っ…」

どうせ聞かれてしまうにせよ、せめてもう少し息を整えなくては、あまりにも無様だ。

「愉しませてくれると聞いたが、緩めることもできぬようだ」

侮蔑《ぶべつ》と揶揄が入り交じった声に、応えることさえ能《あた》わない。

「……ただいま…緩め、ますから……」

無論、挿入されたときにどうやって力を抜けばいいのかは経験的にわかる。しかし、このように前戯もなしにいきなり犯されれば、いくら男妓とて即座に対応できるものではない。

「……う、ぅ……は、っ……ぁあ……」

過敏な襞《ひだ》の狭間を押し広げるように、男のものが蛇のようにぬるんと入り込む。なんて、固い……太くて、こんなにも逞《たくま》しくて。

あの冷静な応酬の割に、彼は翡水の肉体にこれほどの欲望を覚えていたのかと、驚愕《きょうがく》すら感じたほどだ。

だめだ……やはり、苦しすぎる……。

ついには、翡水の明眸《めいぼう》から涙が溢れ出す。

「くう……ーッ……」

は、は、と渇いた犬のように浅い息をしながら、それでも何とか翡水は躰の力を抜いていく。しなやかで肉付きの薄い背中を、男は衣越しに掌で撫でた。

「呑み込んでいく……なかなか上手いな」

「これで、食べて……います、から……っ……」

憎まれ口を叩く翡水に、男は喉を鳴らして笑った。

「さすが売れっ子の男娼だ。だが、ここまでしか入らないのか？」

つゆほども乱れぬ相手の風情に、逆に翡水の胸は激しく掻き乱される。

そうでなくとも、異物を食《は》んでいる緊張感に心臓がばくばくと脈打っているのだ。翡水は更に奥深くに男を招くべく、深呼吸を何度も試みた。

「どうだ？」

「……お待ちを……馴染ませ、ます……」

「できるのか」

「ええ…」

額に汗がびっしりと浮き、翡水の声は懊悩《おうのう》に戦慄《わなな》く。その一方で、李とやらはあたかも冷えた怒りに突き動かされているかのように、冷静さを崩さない。

つまりはこの男にとって、自分という存在はただの人形も同然なのだ。快楽を得るための道具にすらなれぬのか。それがなぜかひどく、口惜しい。

いっそ溺れてくれれば、まだ可愛げもあるものを。

「——昔は……」

不意に。

どこか切羽詰まったような声で、背後の李が呟いた。

「え？」

「昔はあんなに貞淑だったのに、変われば変わるものだ」

ふと彼が零した音の連なりは、翡水の鼓膜を貫くものだった。

「なに……？」

やはり、昔、と言ったのか？

いつと比べているのだろう。三年前の、ここで客を取り始めたばかりのことか。それとも、もっと以前の翡水を知る男なのか……？

「覚えていないのですか、私を」

がらりと言葉遣いが変わる。耳に届くそれは、懐かしい発音だった。しかし、まだ確信はなかった。

「翡水様」

耳を溶かす如き、微かに緊張を帯びた甘い声。

よくよく聞けば、自分の躰の深部にまで音となって染み込むような、美しい低音だった。

こんな男、知らない。

いや……知っている。

この声を忘れたりするわけがない。

「ッく……」

そう思った瞬間、自分の中の奥深い部分がざわめき、蠢動《しゅんどう》したような気がした。

「ふ……」

それを感じ取ったのか、男の声がわずかに揺らぐ。

もう少しでその名前を口にしてしまいそうで、翡水は必死でそれを押しとどめた。

振り向いてはいけない。

そう思うのに、翡水は無意識のうちに首を捻じ曲げて、男の顔を見ようとする。

「見たいのか、この顔を」

低く喉を鳴らして笑った男が、片手で器用に布を取り去る。無意識のうちに薄闇で目を凝らしていた翡水は、あまりのことに声を殺すことができなかった。

「藍珪《らんけい》……！」

李藍珪。

三年半前のあの日、共に後宮から逃げようと真摯《しんし》なまなざしで告げた秀麗な顔立ちの衛兵。

互いに握りあった手の熱は、未だにこの膚の上にあるのに。

これは悪い夢ではないのか。

怖い。

ばくんと心臓が震える。封じたはずの昔の恐怖が、すぐに甦《よみがえ》ってきた。

怖い、怖い……。

「何だ、覚えていたのか」

複雑な感懐を帯びた声で、藍珪が告げる。着衣越しに背中に触れた彼の手が、じわりと熱くなったような気がした。

「離せ！」

信じられない。信じたくは、ない。

恐慌から俄《にわか》に暴れだした翡水を押さえ込み、藍珪はひときわ乱暴に肉壺を突き上げてきた。

「あうっ」

臓腑《ぞうふ》の奥までをもその楔《くさび》で叩かれるようで、苦しくてたまらない。

「途端に、きつくなったぞ。緩めろ、翡水」

前はこんなぞんざいな口は利かなかったくせに、藍珪はひたすら冷たかった。

「嫌、っ」

嫌だ。よりにもよってあの藍珪に、斯様《かよう》なやり方で抱かれるのは、御免だ。そう思って激しく抗《あらが》い、逃れようと試みる翡水の肉を、男が強引に擦《こす》り上げる。

「……はあっ」

柔襞《やわひだ》を一息に捲られてしまうような凄《すさ》まじい刺激に、翡水は戦《おのの》いた。逞しい楔《くさび》に擦過《さっか》され、気持ちとは裏腹に襞をかたちづくる粘膜が更に潤むようだ。

どうしよう、嫌だ…本当に、藍珪なのか。

感じる一点を擦《こす》られたわけではないのに、花茎《かけい》がぴくぴくと震えながら勃《た》ち上《あ》がるのがわかった。

「触られてもいないくせに、もうこれか」

翡水の変化に目敏く気づいた藍珪が、嘲るような口ぶりで続ける。

「私を受け容れられるか、具合を見てやろう……淫売」

「な……」

刹那、あたかも火花が散るように、胸中で熱いものが弾《はじ》けた。

怒り、だった。

これまでにさまざまな男と寝てきた翡水だが、真っ向から淫売などと言われたのは初めてで、さすがに激烈な憤りの念に心を逆撫でされたのだ。

おまけに相手は、あの藍珪なのだ。

首を捻《ひね》った翡水は、燃えるような瞳で藍珪を睨《にら》みつけた。

「そんな顔ができるのか。男を煽《あお》る演技は上手なようだ」

「演技なものか！」

この憤怒が、演技から生まれるものか！

「今ので、もっと締まったな……因縁《いんねん》のある男に犯されて、さぞ嬉しいのだろう」

「ちが……あっ！」

暴れようとする華奢な躰は呆気《あっけ》なく押さえ込まれ、より激しく緊々《ひしひし》と穿《うが》たれる。

「は、あッ…っく…、ぅ、う、うう…ン…」

拒もうとする心とは裏腹に、みしみしと音を立てて肉茎《にくけい》が蜜襞を掻き分けて入り込む。

無闇な仕打ちを受け止めることを生業《なりわい》にしているとはいえ、自分の意思とは無関係に惨《むご》く犯されるのは初めてだった。

深い……。

これ以上は、だめだ。びっしりと額に汗を浮かべて翡水は直感する。こんなことをされていたら、きっとおかしくなってしまう。

「離せ！　この、離せ！　離せ…っ……」

翡水は打って変わって暴れだしたが、無駄なことだった。

「痛い、か？　先ほどより少しは蕩けてきた。昔馴染みを覚えているくせに、そう拒むな」

忍び笑いをする彼は動きを止め、翡水の右の尻肉を衣の上からぎゅっと掴む。強さとは裏腹に、爪を立てぬように気をつけているかのような、そんな仕種だった。

「黙れ！」

「躾《しつけ》のなっていない男妓だ」

押し殺した声で言われ、翡水は唇を嚙み締める。

この状況では、感じるも感じないもあったものではないはずだ。

なのに、獣のように這わされて背後から貫かれているうちに、繫がった部分が解れていく気がするのだ。

「その気位の高さ……昔と変わらない。それでよく男妓が務まるものだ」

息を乱しつつからかう藍珪の声音が、やけに腹立たしかった。

「うるさ…」

制止しようとした刹那、軽く突き上げられてがちんと口が閉じてしまう。

「痛ッ」

翡水の桜色の唇から、尖った悲鳴が漏れた。

「痛い、か？」

「痛い、ものか…ッ…」

「……だろうな」

そういう意味じゃない。違うはずだったのに、確かに、痛いだけじゃなくて。

「…や…ッ」

とうとうそこを擦《こす》られた瞬間、じわっとした痺《しび》れが体内に一気に広がった。

あ……と翡水は呻《うめ》く。

溢れた。

先走りが、今……つうっと伝ったのがわかる。

ああ、また……。

怖い。先ほどとは違う恐怖が、翡水を襲った。

熱い粘膜が震えながら雄蘂《ゆうずい》に絡みつき、先ほどとは違う意味合いで男の律動を阻む。

その理由は、深く考えずとも明白だった。

感じすぎているからだ。これ以上感じたくなくて、躰が拒んでいるのだ。

「感じているのだろう？」

「違う……！」

翡水は偽りを口にしたものの、それが意味のない言葉だということを知っていた。

意識せずとも、感じ取れる。自分の襞肉が藍珪の楔を震えながら食み、深遠へと引き込もうと蠕動《ぜんどう》しているのが。

絡んでいる。まとわりつき、ねだっているかのようだ。

「きつい、肉だな。扱《しご》かれてるようだ」

「は、っ……う……」

何も、言葉が出てこない。揶揄にさえも、反応できない。

藍珪がここにいる。今、藍珪と繋がっている、それだけで躰に力が入らなくなるのだ。

「全部、挿れるぞ」

「な……」

こんなに苦しいのに、まだすべて入っていなかったのか。

怯えて踠《もが》こうとする翡水の腰をしっかりと押さえつけ、藍珪が肉と肉の狭間に更に尖端を押し込んできた。

「んー……ッ……」

力を抜いているのに今なお苦しいのは、男のものがずしりと重すぎるからだろう。

「もっと乱暴なのが好みだったか？」

藍珪がひときわ激しく動きだすと、彼の恥骨《ちこつ》が音を立てて尻に当たる。膚と膚のぶつかるなまなましい音に、短く声だけが溢れ、零れた唾液《だえき》が糸のように筋となり敷布に落ちた。

「はっ、あ……あ、ぁ、ぁっ」

凄まじかった。

臓腑まで突き破ろうとする激しい抽挿《ちゅうそう》に、躰がついていかない。まるで頭の中まで掻き混ぜられ、あのときに戻るかのような気がした。

藍珪に抱かれ、ういういしい悦楽に身を浸していた初夜の晩に。

実際には今の自分は寵姫ではなく男妓で、藍珪に欲望をぶつけられている。

これは……憎しみの発露なのだ。

「ぐ、……っくう……う、うー……」

苦しかった。

拒もうと締めつけるのに、上手くいかずにただただ陵辱される。

藍珪を咥え込んだ尻が、焼けるように熱かった。痛い、苦しい……。

なのに。

なのに、躰《よじ》の奥ではじくじくと熱が生まれ、蕾をかたちづくる襞を一枚一枚震わせるばかりで。身を捩るたびに尖りきった乳首が褥に擦《す》れ、その鋭い痛みが翡水の感覚をいっそう麻《ま》痺《ひ》させた。

これまでも、行為によって快楽を感じたことなどろくにないのだ。生理的な快感は与えられるが、身も心も蕩けるような境地に達したことはない。

「……よせ…ッ…」

「斯様に絡んでいるのに？　下の口で精を啜《すす》りたいのだろう？」

揶揄するような問いに、翡水の心も躰も乱れていく。

「それ、は……」

「淫売め。こんなに、美しいくせに……」

どこかうっとりと囁いた藍珪の突きが、激しさを増していく。

「嫌だ…よせ…もうッ……」

だめだ、熱い。熱くて、弾けそうになる。

「う、っく……んぁ…ーっ……」

こんなことでは快楽なんて……得られないはずだ。

どうしよう、達《い》く……達ってしまう。嫌だ、いけないのに。

こんなことはおかしいのに。

「達くといい」

「な…っ…あ、あ、あ…あーッ…」

惨めな絶頂を得た翡水を、背後の藍珪が憎々しげに突き上げてくる。翡水はそれを、人形のようにがくがくと揺すぶられながら受け止めた。

激しくも辛い行為のあと、漸く腕を解かれる。幸い痕にはなっていなかったが、躰の節々の痛みが酷《ひど》い。すぐにでも眠りに落ちたかったものの、この男の前で寝るのは嫌だった。

「帰ってください」

気丈にも身を起こした翡水は自分の深衣を着替え、悠然とした顔で牀榻に腰を下ろす藍珪を睨みつけた。

「泊まりの料金を、前払いしたつもりだ。話をして、必要とあらば謝罪しよう」

嘯《うそぶ》く藍珪の表情は落ち着き払っており、翡水の心中ではまた腹立ちが倍加する。

こんなふうに他人に己の神経を逆撫でされるのはおそらく初めてで、それもまた、翡水を掻き乱す一因となっていた。

「花代ならお返しします」

「無償で躰を開くとは、罪悪感があるのか？」

「二度と顔を見たくないだけだ！」

翡水は募る苛立ちを堪《こら》えかね、双眼で藍珪をきつく睨みつけた。

「私を、恨んでいるのだろう？」

「そんな筋合いもない。そなたになど、二度と会いたくなかった」

男は一度黙り込み、そしてがばりと顔を上げて翡水を真っ向から見据えた。

「恨み言も、ないのか。――何もないのか!?」

今日初めて、藍珪の声が揺れた。

「あるわけがないだろう。そなたには悪いことをしたと思っている。それだけだ」

今でも、藍珪のことは怖い。こうしてそばにいるだけで、恐怖に心臓が竦み上がり、激しく脈打っている。酷い目に遭わされたばかりという、怒りもあった。

しかし、なぜだろう。落ち着くと不可解なものが込み上げるのだ。

布を取った藍珪の顔は闇の中でも冴《さ》え冴《ざ》えと美しく、涼やかだった。兵士のときの鎧姿も凜々しかったが、こうして衫を身につければどこぞの士大夫のようだ。

「――つまり……あなたには、私など……その程度のものだったのか」

押し殺したように述懐した藍珪は、翡水に口を挟ませなかった。

「それもいい。ここに来るときは、あなたの馴染みになると決めていた。あのときのことは、水には流せない。あなたに何もなかったとしても、私には思うところがある」

「…………」

「少しでも私に悪いと思うのなら、躰で贖《あがな》うのが筋というものだ」

先ほどの粗野な物言いを若干改め、藍珪は低く落ち着いた声で言い放つ。

「私を憎んでいるのか？」

逆に問うた翡水の声は、まだ掠《かす》れている。

「どう思う？」

疑問を帯びた言葉、それが藍珪の答えだ。

当たり前だ。憎まれて当然なのだろう。

無意味なことを聞いてしまったと、翡水は唇を嚙んだ。

「変わらないな、あなたは。その態度も、美貌も……」

「……変わっていない、か？」

「忌々しいことに。――どうした、ほっとした顔をして」

耳慣れぬ尖った言葉遣いだったが、嬉しいことを聞かされた翡水は、つい表情を緩めた。

それを鋭く見咎《みとが》められたのだ。

「いや、何でもない」

「相変わらず、その容姿が自慢なんだな。あなたが望んでここに来たというのは、本当なのか」

押し殺した声で問われ、翡水は頷いた。

「そうだ。目を潰されるのと男妓になるのとどちらがいいかを、選べと言われた」

「それで、男妓を選んだのか！」

藍珪はかっとしたように吐き捨て、翡水を爛々《らんらん》と光る目で睨みつけた。

「当然」

「――醜いものだ。あなたのその取り澄ました顔を見ていると、反吐《へど》が出そうだ」

唸るように呟く藍珪に、翡水は何を答えればいいのかわからない。

「ならば、もう二度と来ないでもらおうか」

いずれにせよお互いにそのほうが、いい。翡水だってこんな交わりは二度と御免だと身震いをする。

わずかばかり残った美しい思い出を穢《けが》されるのは、不愉快だった。

答える代わりに、翡水は呼び鈴の紐を強く引く。反応を待ち切れずに、何度も何度もそれを引いた。

ややあって秋玉が寝惚《ねぼ》け眼《まなこ》でやって来て、「いかがなさいましたか」と尋ねた。

目を覚ましてから精一杯急いだのだろう、衫の帯はよれよれで解けかかっているが、翡水はそれを責めるつもりはなかった。

「お客様がお帰りだ」

冷ややかな口調で告げると、秋玉は目を丸くする。

「お帰り？」

「そうだ。宿にお送りせよ」

「こんな夜中に？　宿のあるじだって寝ていて迷惑でしょう」

秋玉は一旦は咎《とが》めるような口調になったものの、翡水の蒼白《そうはく》な顔色を見て何かを悟ったらしく、こくりと頷いた。

「——かしこまりました。お送りします、李様」

「ああ。また来る」

短く告げられ、翡水は腹の中がかっと熱くなるのをまざまざと感じた。

「二度と御免です。無体な真似をしたいのであれば、この楼のほかの者を選べばいい」

「翡水様、声が」

静かにしないとほかの男妓が起きてしまうと秋玉に仄《ほの》めかされ、翡水は押し黙るほかない。

口惜しさに翡水は己の深衣をぐっと握り締め、唇を嚙み締めて屈辱に耐えた。

いくら金を積まれようが、翡水は己を淫売と蔑んだ相手を馴染みにするつもりはなかった。

感情がないように見える翡水であっても、己の自尊心を守る意思は存在している。

殊に相手は、藍珪なのだ。

このようなやり口でもう一度関係を持ちたいなどと、思えるわけがなかった。

「それにあなたもまんざらではなかったくせに？　私に犯されて…」

「静かにしてください！」

翡水はぴしゃりと言ってのけた。

そのあとに続く言葉がわかっていただけに、絶対に聞きたくはなかった。ないはずの心を揺さぶられることが、こんなに不愉快だったとは。つくづく、我慢ならなかった。

「そうか。では、また日を改めよう」

最悪な事態だった。

忌々しいことに、この下衆な男にも気づかれてしまっている。

縛られて犯されるうちに、少しばかり快楽を得てしまったことに。

藍珪を見送ってから、部屋の掃除をするために翡水は改めて髪を無造作に結ぶ。敷布を外そうとして、寝台の脇に先ほどの帯が落ちていることに気づいた。

これで、縛られたのだ。

そう思うと胸の奥が疼くように熱くなり、指が震えた。

てっきり、王は約束を違え、藍珪は死罪にでもなったかと思っていた。

翡水の周囲の人間は、誰も藍珪の消息を教えようとはしなかった。それゆえに、じつは無残な最期か、よくて流罪か何だろうと考えていたのだ。

彼の無事が喜ばしくてたまらない。

——そう、嬉しいのだ。生きていてくれたことが。

けれども、その感慨に耽《ふけ》ることはできない。

再会を穢したのは藍珪で、そうさせた非は翡水にあった。

だからなのか、胸が痛い。

苦しくてたまらなかった。

◇　◇　◇

――そなたは私をどう思っている？

翡水に直截《ちょくせつ》に問いかけられ、衛兵の華やかな鎧を身につけていた藍珪はわずかに目を瞠った。表情の変化は微細なものだったが、彼が動揺したのは、その耳が真っ赤になったことですぐにわかった。

「それは……」

藍珪は物慣れぬ男だが、頭の回転は速く教養もある。

詩歌に関する問答などさせると、彼は明晰《めいせき》な頭脳により様々な言葉を紡いでみせた。

「七宝もて画《か》ける団扇《うちわ》　燦爛《さんらん》たる名月の光――そなたが恋の歌を口ずさむから聞いてみたの

詩と違ってさまざまな宝玉で飾られたのは団扇ではなく扇だが、似たようなものだろう。

「それは単なる言葉のあやで……」

返答に窮し、藍珪が困惑した様子で視線を彷徨《さまよ》わせる。言葉のあやなどという問題ではないだろうが、上手いことを言えぬほどに動転しているらしい。

尤も、平常心でないのは翡水も同様だ。

先ほど翡水が月を眺めながら扇で己を煽《あお》いでいたところ、屋外で詩を諳《そら》んずる藍珪の声が聞こえ、面白くなって彼を呼びつけたまではよかった。

だが、翡水はすぐさま後悔する羽目になった。

どうしたことか、翡水はこの男が怖いのだ。苦手というわけではないが、顔を見ると直視できずに背けてしまう。なるべくならば、声も聞きたくない。聞けば、それが心臓に突き刺さるような心持ちがするからだ。

なのに、こうして彼を呼び寄せてしまったのだから、たいそう自虐的だ。

それでも、少し話をしているうちに、漸く気持ちが落ち着いてくる。

口ぶりは一貫して、平常心そのもののはずだった。

「答えずともよい。大したことではない」

「申し訳ありません、翡水様」

彼に名前を呼ばれると、爽やかな風が胸を吹き抜けるような気がして、翡水はわずかに顔を向けた。

思い出すのは、故郷の湖を吹き渡る風の甘い匂い。

匏《ほう》は隣国であるのに鼓《こ》とはあまりにも違う。しかし、これまでその差異など気にも留めずに過ごしてきた。

だが、彼の声に故郷の空気が甦《よみがえ》ってきたのだ。

「私はその詩が好きだ」

「そうなのですか？」

「ああ。――郎の与《ため》に喧暑《けんしょ》を却《しりぞ》く　相憶《おも》いて　相忘する莫《な》かれ」

これであなたの暑さを退けましょう。暑さが過ぎてこの団扇が無用になっても、どうか私のことを忘れないで――。

客を思う妓女の切なる思いを詠んだ詩で、翡水が続きを諳んじると、彼はまるで夢を見るようなまなざしで翡水の指先の動きを追う。

戯れに翡水がその扇で藍珪を煽いでやると、冷めるどころか、彼の頬がこれ以上ないというほど赤くなった。翡水は自分が間違えたことをしたのだと気づき、はっと手を止める。

「……調子に乗りすぎたようだ」

「いえ、勿体ない……つい見惚《みと》れてしまいました」

「そなたほど真面目な男が、見惚れるのか？」

翡水の問いに、藍珪は真顔で頷いた。

「あなたの目は、本当に美しい。七宝などよりもずっと綺麗です」

「ならば大事にしろ」

突然そんなことを言われてもどう応じればいいのか惑い、咄嗟《とっさ》に翡水はそう告げる。

傲岸な口調はかたちばかりで、逆に冷静さを保てそうになく、翡水の頰は熱くなっていた。

「大事に？」

「私を守るはそなたの役目。そなたが褒めたのであれば、守り通せ」

「守ってほしいのですか？」

「そうだ」

いったい何を聞くのかと、翡水は不思議そうな顔になる。

「なぜ……？」

身分違いの翡水に対して不躾とも言える藍珪の問いには剝《む》き出しの疑問符が宿っていたが、翡水は答えることが能《あた》わずに口を噤《つぐ》む。

「それは嬉しいと受け取ってもいいのですか？」

思いついたような質問に、翡水は目を見開く。

「嬉しい？　ああ、そうだな……たぶん、嬉しいんだ」

翡水はやっと自分の気持ちを理解し、こくりと頷いた。

藍珪が自分のことを褒めるのが初めてだからこそ、よけいに嬉しいと思えたのだろう。

「そうだ、褒美をやろう」

立ち上がった翡水は飾り棚に近寄り、小さな箱を手に取る。干した棗《なつめ》の箱を手に歩きだした翡水は、自分の深衣の裾を踏みつけてしまい、そこで思い切り前のめりになった。

「あっ」

「翡水様!」

慌てて藍珪が手を伸ばし、翡水の華奢な上体を受け止める。

ばらばらと勢いよく棗が飛び散ったが、翡水は転ばずに済み、男の腕の中で息をついた。

「平気でございますか?」

「ん」

「翡水様は、見かけによらず、そそっかしくて不器用ですね」

まだ翡水を抱き留めたまま、藍珪がくすりと耳許で笑うのが息遣いでわかる。

「嫌なのか」

訝《いぶか》しく思った翡水が眉を顰《ひそ》めると、彼は「まさか」と囁く。

「とても、好きです」

そっと身を離した藍珪が翡水を見下ろし、真面目な顔で続けた。

「…………」

男の言葉の意味が理解できなかった。

それなのに、無性に耳のあたりが熱くなる。なぜだろう……？

「赤くなって……とてもお可愛らしい」

身を屈《かが》めた藍珪が翡水の頬に手を添え、上を向かせる。しゃらりと翡水の装身具が音を立てたが正気には戻れず、思わず目を閉じてしまう。

唇に、あたたかなものが触れる。

接吻《せっぷん》は、初めてだった。

誰とするのであっても。

王はそこまで、翡水の純潔を重んじていたからだ。

藍珪の指や唇もわずかに震えている気がしたが、やがて翡水の頬を包んでもう一度啄《ついば》んでくる。

甘やかなくちづけに、翡水は暫し身を委《ゆだ》ねた。

「ん……」

身じろぎをした刹那《せつな》、藍珪の鎧が鈍い音を立てたので、驚いた翡水は反射的に躰を離す。

己の仕打ちに驚いているのか藍珪も硬直し、それきり言葉にならぬようだった。

このままここにいられても困ると、翡水は咳払《せきばら》いをしてから漸《ようよ》う口を開く。

「また顔を見せるがよい」

「……ええ、勿体ないお言葉、ありがとうございます」

居住まいを正して背筋を伸ばした藍珪は、口許を和《やわ》らげる。端整な面差しに浮かんだ笑みは美しく、翡水は暫しそれに見惚れかけてから、慌てて首を振った。

「そろそろ行け」

「はっ」

藍珪の足音が、次第に遠ざかって行く。

「…………」

またも胸がずきずきと痛んでいることに気づき、翡水は息をつく。

こんなにも彼のことが怖いとは、我ながら重症だった。

5

桜を刺繍した緞帳《どんちょう》の隙間から春月の朧《おぼろ》な光が部屋に差し込み、一夜を共に過ごした男の精悍な顔をうっすらと照らし出す。

「おまえの髪はやわらかいなあ、翡水《ひすい》」

翡水に膝枕をさせ、恵明《けいめい》は感慨深げに呟く。

膝枕をしてくれと言ったのは恵明で、翡水はそれがどんなものか把握せぬまま言われたとおりに寝台に座ると、彼がことんと頭を載せてきたのだ。

その重みが、とても心地よい。

「私の髪が？」

「そうだ。特別なものでも使っているのか？　うちの店で仕入れてもよいくらいだ」

「残念ながら、さして特別なものは使っておりません」

「ならば生まれつきか。おまえは昔から綺麗だものな。いい香りがするぞ」

一昨日《おととい》から訪れて居続けている恵明は、今日も泊まっていくつもりのようだ。

それでも二晩続けて交われば翡水の躰《からだ》に障《さわ》ると、今宵は肉体を求めようとしない。その恵明の優しさが、すうっと心に染み込んでいく。

暫く前に訪れた藍珪《らんけい》の冷酷さにさんざん踏み荒らされた翡水の心も、安息を得るのだ。

いや、あの男のことを思い出してはならない。すべては過去、封じなくてはいけないのだから。それに、もう二度と、あの男に会うことはない。客としても認めぬつもりだ。

あんなふうに激しい憎悪をぶつけられて心を乱されるのは、二度と御免だった。

あまりにも大きく感情が動かされれば、今度こそ忘れられなくなる。それゆえに、藍珪に対してはどんな思いも抱かずにいようと努めていた。

ただ、あの男のことを思い返すたびに時々湧き起こる恐怖の念は最初から藍珪に抱いてだけに、如何《いかん》ともし難いのだろう。

この結果を予想していたからこそ、燼泉《じんせん》は忘れろと言ったのかもしれない。

藍珪の仕打ちは、翡水の内に眠っていた彼との美しい記憶すら粉々にしてしまう、最低のものだった。

「嬉しいです、恵明様」

微かに唇を動かして笑みを浮かべると、恵明は「そうか」と応じるように口許を緩める。

今の表情は、ごく自然に生まれたものだ。

恵明の慰撫《いぶ》が、嬉しかった。

「今宵はこのままがいい。たまにはのんびり話をしよう」

「よろしいのですか？」

「躰を休めることも大事だからな」

頷いた翡水はふと手を伸ばし、恵明の髪に触れる。最初の晩に髪が解けたので、恵明のそれはいつになく乱れていた。

「わっ」

驚かせてしまったのか、恵明が弾かれたように跳ね起きたものだから、翡水の心臓もばくんと震えた。

「すみません、触れてはいけませんでしたか」

「いや……嬉しいよ」

恵明は目を細め、人懐っこい笑みを浮かべて再び翡水の膝に顔を埋めた。

「おまえにそんなことをされる日が来るとはな」

どう反応すればいいのかわからずに、翡水は黙り込む。恵明は翡水の腿《もも》を撫で、膝枕を楽しみながら、くぐもった声で告げた。

「家族の話でもしてくれないか、翡水」

「私の……？」

「王族の話には興味があるんだ」

わざと冗談めかして言われて、翡水は柳眉《りゅうび》を顰《ひそ》める。

「王族など、掃いて捨てるほどいます。陽都《ようと》は元王族だらけですから」

まさしく群雄割拠で戦乱が続き、王位を巡る混乱が絶えぬ陽都のことを揶揄すると、恵明は「それもそうか」と笑った。

「今のは、冗談だよ。単におまえの昔を知りたいんだ。翡水、子供の頃のおまえはどんなだった？」

「私は……今とさほど変わりません。可愛げのない子供だったと聞きます」

「可愛げならあるだろう」

突然声を上げて、恵明がぱっと目を開く。

唐突なことに驚いた翡水を見やり、恵明は「今のそれだ」と言ってにっとした。

「え？」

「不意打ちで驚かされると、おまえはちょっと目を瞠《みは》ってそのまま固まるんだ」

初めて指摘された事実に声もなく目を見開いた翡水に、彼は喉を震わせて笑いだす。

「ほら、またやってるぞ」

「そんな……からかわないでください、恵明様」

翡水が思わず頰を染めて顔を背けたので、恵明は「すまんすまん」と軽く謝りつつ、照れて指先まで色づいてしまった翡水の手を握った。

「おまえは、おまえが思うよりずっと可愛いんだよ、翡水」

「私には、わかりません」

それは翡水の本心で、戸惑いからそっと彼の手を解いたものの、恵明は深追いしなかった。

「馬鹿だな、自分でわからぬところがいいんだ」

「そう……ですか」

意味を解せなくて、翡水はつい口ごもる。

「その、普段はつんとした物言いもな」

「恵明様にとっては、要するにあばたもえくぼではありませんか？　私にはそうとしか受け取れません」

反撃しようとする翡水に対して、恵明は「かもな」とあっさり肯定した。

「おまえが一番可愛いよ、翡水」

期せずして注がれる甘い言葉に、頰が火照《ほて》る。

こうした言葉に反応できるようになったのが、ここに来て一番の変化だろう。

「俺はおまえが好きだ」

自分を見つめる恵明のまなざしは、熱い。溶かされてしまいそうなほどに。

「好きなんだ、翡水」

「ご冗談を。私は……」

「何だ？」

「……いえ」

恵明の勢いに抗おうと、つい、己は男妓なのだと主張しそうになってしまった。

男妓の己に、人の好意を受ける資格などあるだろうか。

おまけに、相手が翡水のように愛情を理解できぬ者では、恵明の好意も無駄ではないのか。

けれども、今は膝に乗った恵明の髪を撫でていたかった。

躰を繋げなくてもいいという、恵明の思いはあたたかい。それくらいは感じ取れる。

だから、指先の体温を、ぬくもりを分かち合いたかった。

「——なあ……翡水。おまえは膝枕は、誰にでもするのか？」

「いえ、初めてです」

膝枕とはこういうことを指すのかと今日知ったのだから、と翡水は口ごもりつつ頷いた。

「え？」

呆《ほう》けたような表情になり、ついでがばりと恵明が上体を起こした。

「これを膝枕というのを、先ほど知りました」

「初めてか……」

恵明は相好《そうごう》を崩し、どこか嬉しげな口ぶりになる。

「ほかに、俺とした初めてのことはあるか？」

「頭を撫でられました、あなたに」

「ん？　親兄弟に撫でてもらったことはないのか？」

「記憶にありません。母は私を抱くことも嫌がりました。生まれたばかりの私を、父が玉のような子だと褒めたせいだと聞きます」

母に嫌われた翡水を憐れんだのか、乳母は大事にしてくれた。しかし、乳母とはいえ王子の頭を撫でることなど恐れ多いのだろう。少なくとも、物心がついてからは、そういう行為をされた記憶は一度としてなかった。

「褒めてはいけなかったのか？」

「母は、国一番の佳人というのが自慢でしたから」

それを脅かす者は、たとえ男で我が子であっても許せない——そういう人だ。

「そうか……それは淋しい思いをしたのだな」

「淋しくなどありません」

今も、淋しいという言葉の意味はよくわからない。

人恋しいという言葉も。

正直に言えば、つれない男だと興を削いでしまうから黙っているものの、翡水の胸にそういったやわらかな感情はない。

「恵明様はどうなのです？」

「俺の家族か？　腹違いの兄が、えらく可愛がってくれたよ」

「腹違いなのに？」

「ああ！　兄は妾《めかけ》の子だから、跡継ぎは俺だ。でも、四つ違いなのによくできた兄で、いつも俺の面倒を見てくれた。元は武人だが、今は立派な商人だ。後継ぎも兄が適任なんだが、本人が納得してくれなくてな」

恵明はよほど兄のことを好きなのか、顔つきが柔和さを増す。そんなに仲がいいとは、羨しいくらいだった。

「翡水は兄弟は？」

「あまり仲良くありませんでした。その結果が、内乱でしたから」

腹違いの兄たちは正室の子ゆえに、二人とも翡水を嫌った。たまに顔を合わせると売女の子だと名指しで罵倒し、匏王《ほうおう》が翡水を寵姫に所望したときは、嘲りの笑いを容赦なくぶつけてきたものだ。杏林《きょうりん》のほかにも姉や妹はいたものの、彼女たちは好事家の匏王が翡水を望んだことに自尊心を傷つけられたらしく、やはり翡水を嘲弄《ちょうろう》した。

「――ああ、すまぬ」

恵明はまずいことを聞いてしまったと言わんばかりに、悲しげに目を伏せた。

「いいのです。もう過ぎたことですから」

「おまえは強いな、翡水」

強いというのは、違うように思う。だが、恵明の言葉に翡水は答えず、彼を大きな扇で煽《あお》ぎ続ける。風を送られていた恵明は、「こういうのはいいなあ……」と誰にともなく呟いた。

「おまえは？」

「え？」

「こういうのんびりしたのは嫌いか？」

「いいと思います」

恵明が自分の膝の上でくつろいでくれていると思うと、穏やかな喜びに胸がほんのりと熱くなる。それはたぶん、幸福というものなのだ。

「嬉しいよ」

恵明は目を閉じ、翡水の膝に顔を載せてぴくりともしない。翡水が暫くそのままにしていると、突然、恵明が口を開いた。

「なあ、翡水」

「はい」

恵明は身を起こしてその場に座り込み、ちょうど向かい合うかたちになった翡水の頰を愛しげに辿《たど》った。慈しむような指先は、性欲を刺激するというよりは慰撫に似ている。

「おまえを落籍したいと言ったら、どうする？」

「私、を……？」

考えてもみないことだった。

「そうだ」

恵明は翡水の両手を取り、己の手で包み込む。

それだけで、あたたかなぬくもりが胸をひたひたと浸していく。

彼の黒い目には穏やかな光が湛《たた》えられ、そこには困惑顔の翡水が映されている気がした。

「ほら、目を丸くしてる」

「気のせいです」

「澄ましたところも可愛いよ、翡水」

笑うと眦《まなじり》が更に下がり、恵明の唇から白い歯が零れた。

「恵明様、私を可愛いと言うのは、あなただけですよ」

「だったらよけいに、俺のところへ来るといい。俺よりおまえを可愛がる人間はいないぞ」

そういう恵明の言葉には、ただならぬ説得力がある。しかし、誰かのものになるということは、また籠《かご》の鳥になるということでもあった。

それは匏王のところやこの楼にいるのと、どう違うというのだろう？

「――それに」

ふと、恵明が真剣そのものという顔つきになった。

「おまえを酷い目に遭わせる輩《やから》がいると、聞いたんだ」

「…………」

藍珪のことを、誰かが恵明の耳に入れたらしい。おそらく、玉卮《ぎょくし》あたりだろう。

「おまえはいったい、どれだけ借金が残ってるんだ？」

「さあ、聞いたことがありません」

「何だ、欲のないことだな。だったら調べてみてくれ。どれだけあればおまえを身請けできるか、知りたいんだ。な？」

「え、ええ……」

恵明の勢いに押されて翡水はこくりと首を縦に振ったものの、まるで実感がない。

恵明のものになれば、もう二度と客を取らなくて済む。

――藍珪にも会わなくて、済む。

「よし、――ただ……」

それまで自信ありげだった恵明の顔に、不安げな影が過《よ》ぎった。

「ただ？」

「さっき話した兄がかなりの堅物なんで、おまえの身請けには反対するかもしれない。一度おまえの話をしたが、反応が芳《かんば》しくなかったんだ。でも、絶対に説得してみせる。だから、待っていてくれ」

恵明が翡水の両手をぎゅうっと力強く握り締める。

その熱。

それに唆《そその》かされて、望みを抱いてしまいそうになる。何かを望むことなど、これまでの翡水にはなかったのに。

何かが少しずつ、変わり始めている。

自分の中に何かが生まれ、それに押し流されていきそうだった。

あの男の、せいで。


「あら、あれ……」

「黄梅楼《おうばいろう》の翡水じゃないの」

今日の桃華郷《とうかきょう》は薄曇りで、町行く人々もどこか憂鬱《ゆううつ》そうな風情だった。

「黄梅楼、流行ってるんですってねえ」

「げてもの趣味というやつでしょ。邪道よ、よく仙人様がお許しになること！」

ひそひそと妓女《ぎじょ》たちが噂するのも意に介さず、翡水は薬屋へと向かっていた。

「よう、翡水」

道の真ん中で快活に声をかけてきた男の声に覚えがあり、翡水は顔を上げる。目の前に立っていたのは日焼けした大男で、いつもより髭《ひげ》が伸びていた。この身なりが娼妓を買いに来た客のものであれば、後ろ指を指されてもおかしくはない野暮天《やぼてん》ぶりだ。

「……厳信《げんしん》」

桃華郷でも名うての女衒《ぜげん》は、単なる顔見知りだった。彼はこの郷に来て右も左もわからずに困っていた頃に、何かと親切にしてくれた。そのときはなんて鬱陶《うっとう》しい男だと思ったのだが、表だって翡水に声をかける者が少ない分、彼と会話をできることは悪くはなかった。

それに厳信は、外の世界に詳しい。時々、思いがけない情報を運んできてくれる――が。

「何だ、その嫌そうな顔」

「おまえ、着いたばかりなのか」

今日の厳信はいつも以上に埃まみれだし、髭は伸び放題、そして……臭い。

「あ、ああ、すまん、汚いよな。これから湯屋を使わせてもらうつもりだったんだ」

埃まみれの自分の躰を見下ろした厳信は、まるで悪びれずに笑みを浮かべる。

「それよりも、通信所におまえ宛の手紙を預けておいたぞ」

「本当に？」

「ああ、今なら取りに行ったほうが早いんじゃないか？」

戦乱の続く陽都では、一般の個人向けに通信の仕組みが整えられていない。

王族や貴族は、政治的な理由があるときは、それぞれに馬を出して手紙を届けさせる。また、親しい商人たちに手紙を託すことも多かった。人々が親類や友人に手紙を出したい場合は、各地の通信所へ行っていくばくかの金と引き替えに手紙を預ける。すると、宛先と同じ場所へ向かう旅行者や商人が、手紙を届けてくれた。

確実に届く仕組みはないものの、これを利用することが手紙のやりとりには一番便利だ。民間人にも飛脚を雇えないわけではないが、法外な料金がかかることが多かった。

「ありがとう、厳信」

「おや、誰からかは聞かないのか？」

「おまえはそういうのを気にしないから、どうせ知らぬのだろう」

翡水の言葉に、厳信は「まあな」とからから笑った。彼もおおかた、どこかの通信所で手紙を託されて運んだだけなのだろう。

「じゃあ、またな」

「ええ」

翡水は頷き、厳信に言われたとおりに通信所へ立ち寄った。

薄い書状と何やら包みを手渡され、翡水は珍しいことだと訝《いぶか》しむ。

杏林の乳母からではないかと思っていたのだが、これまでに包みが添えられていたことはないし、差出人は彼女ではないのかもしれない。

落胆から、翡水は気持ちが重くなるのを感じた。

翡水は続けて寄った薬店で風邪を引いた秋玉《しゅうぎょく》のために薬を買い求め、黄梅楼のつけにするよう頼む。手紙と薬を手にした翡水は、黄梅楼に戻る前に武門橋《ぶもんきょう》にほど近い茶店に立ち寄った。

三年のあいだに、翡水は当然のことながら変わった。

以前は面倒に思っていたが、今では挨拶どころか少々の世間話くらいならする。気位の高さは変わらないと陰口を叩かれたものの、少なくとも、自分から喧嘩を売るようなことはない。

茶を飲みつつ手紙を開けると、差出人は意外にも恵明だった。

兄が旅行中で家内のことに手が回らないので、暫く桃華郷に行くことはできないという内容が達筆でしたためられていた。いつ来ると明確に約束したわけではないのに、律儀な男だ。その先には、こういうときにいいところを見せれば、おまえの身請けにも賛成してくれるかもしれない、何とかするから待っていてほしいとも書かれている。

添えられていた包みは漢方薬で、翡水を労《いたわ》る文章がそこかしこに綴《つづ》られている。

恵明に会いたい。

目を閉じると、恵明の快活な笑顔を思い出すことができた。

彼に会えば、きっと心があたたかくなる。藍珪の降らせた冷雨で荒らされて未《いま》だ立ち直れない心も、少しは安らぎを得るに違いない。

恵明の身請け話を受けるべきなのだろうか。

そうすればこの心は、ぬくもりを得られるのか。

帰り道に桃華郷の大門の近くに通りかかった翡水は、その場で立ち止まった。

聳《そび》え立つ朱塗りの門は、太陽の光を受けて輝いている。

先ほどの厳信のように旅人が到着する時間帯で、武門橋のあたりは活気がある。

見るからにそわそわとした様子でやって来る若者。逸《はや》る心を抱えているくせに、わざと余裕ありげな顔をしている中年男。商人のみならず女性もいる。桃華郷は男妓を買う女性もおり、彼女たちはあまり目立たぬような装いで店を訪れるのが常だった。

茶を飲んでいた翡水の目に、門を潜って桃華郷に足を踏み入れた長軀の男の姿が飛び込んできた。

「！」

――藍珪……。

最初の晩、翡水を手酷く抱いた藍珪は言葉どおり花代を弾んだものの、到底許せなかった。きり、と無意識のうちに翡水は唇を嚙む。

今宵、あの男は再び黄梅楼に来るのだろうか。そうしてこのあいだのように惨《むご》いやり口で翡水を抱くのか。あるいは先の己の言葉に従い、別の相手を選ぶのか。

本来ならば一度選んだ敵娼《あいかた》をそう簡単に変えることはできないのだが、金を積めば、玉卮《ぎょくし》はそれさえも許すだろう。

嫌な相手に会ったからといって顔を背けるのは己の矜持に反し、翡水は真っ直ぐ前を見つめたまま茶を口に運ぶ。これで彼に気づかれたとしても、仕方がなかった。

ふと、男と目が合った。

心臓が跳ね上がるような気がしたものの、動揺を堪《こら》える術《すべ》は心得ている。膝の上に置いた手を軽く握り、翡水はいつもと変わらぬ権高な表情で男を見据えた。

「翡水」

無視されるかと思ったのだが、意外にも、声をかけてきたのは藍珪のほうだった。

「お久しぶりです、藍珪様」

声をかけられれば話すのが礼儀と、翡水は丁重に言葉を紡ぐ。

郷の住民は、翡水が言葉を交わす相手はどのような男であろうかと、藍珪を注視しているようだった。翡水の知り合いといえば、あの悪名高き黄梅楼の客にほかならないからだ。

「翠玉宮《すいぎょくきゅう》でのこと同様、先夜の私のことなど忘れていると思ったが」

「あのような振る舞いをする客は、なかなかいるものではありません」

冷たい声を返すと、男はおかしそうに喉を震わせて笑った。

「つまり惨《むご》くされるのが、忘れ難かったということか」

ふてぶてしい藍珪の言いぐさに目を剝《む》きそうになったが、翡水は懸命に堪えた。

顔立ちは涼やかだが、藍珪の物言いはいちいち引っかかる。

それも、彼が翡水の心を波立たせようと意図しているわけではなく、翡水がそれに勝手に突っかかって動揺しているからこそ、憎たらしいのだ。

「今宵はどちらにお泊まりですか」

「宿はいくらでもあるだろう」

藍珪はさらりと言ってのけると、「邪魔をしたな」とさしたる関心もなさそうな口調で言うと、落ち着いた足取りで町中へと向かう。

今の言い分では、黄梅楼へは来ないと言うことなのだろうと思い当たり、翡水はあからさまに安堵の表情を浮かべた。

もう一度あんな乱暴な真似をされるのは、絶対に嫌だ。

だけど、信用してもいいのだろうか。

今の言葉は真っ赤な嘘で、翡水を安心させてから不意打ちで来訪し、突き落とすつもりではないのか。

それほどの苛烈《かれつ》な怒りが、あの藍珪の中にはあってもおかしくはないのだ。

藍珪の顔を見ただけで、心が千々に乱れてしまう。

恵明の文はこんなにも自分を安堵させてくれるのに、藍珪は違う。

よもや己が客のことで頭を悩ませる羽目になるとは思わず、翡水は空の茶碗を難しい顔で眺めていた。

「ん……」

欠伸《あくび》をした翡水は寝惚け眼を擦《こす》り、緞帳《どんちょう》を捲《めく》って高くなった太陽を見上げる。

わかっていたことではあるが……やはり、藍珪は来なかった。

眩しい陽射しが、ちくちくと目に突き刺さるようだ。

よくよく考えれば、あそこで翡水と顔を合わせたのが偶然なのだから、翡水を安堵させて罠《わな》にかけるなどという、子供じみた策を弄《ろう》せるはずもない。

そこまで思い至らずに悶々《もんもん》と眠れぬ夜を過ごし、日も高くなってからやっとそこに気づいたのだから、我ながら愚かしかった。

緊張と苛立ちからあまりよく眠れなかった翡水のもとに、秋玉がぱたぱたと走ってきた。

「翡水様！」

「秋玉、もう起き上がれるのか」

風邪の名残で秋玉はまだ声が少し掠れてはいるようだが、表情は明るい。よく眠ったせいか、膚艶《はだつや》もよく張りがあった。

「はい！　ご不自由をおかけしました。いただいたお薬が、効いたようです」

「かまわぬぞ。どうせ客などいなかったのだから」

「え……それでは困りませんか」

翡水の言葉を聞いた秋玉が表情を曇らせたので、翡水は唇を綻ばせた。

「困るも何も、来ないのだから仕方がないだろう」

翡水が髪を梳き始めたのを見て取り、秋玉はつげの櫛を取り上げて役割を代わる。

「このくらいがちょうどいい。毎日客をとっても疲れるだけだ」

「そうですけど、翡水様……いつまでもそれでは、ここから出ていけませんよ？」

「かまわぬ」

「でも、恵明様は翡水様を身請けしたがってるじゃありませんか！　お二人で協力して少しでも早く借金を返せば、大手を振って出ていけますよ」

ここから出ていったところで、身売りをしていた遊妓が幸せになどなれるはずがない。ちやほやされるのは、この狭い世界の中だけでのこと。一度外に出れば、まっとうな暮らしを営む人々からは、外道のように思われるのだ。

それも当然だ。

躰を売るのは恥ずべきことだという意識が、陽都の人間には根付いているのだから。

恵明のあの威勢の良さも、いっときの熱情に流されているだけで、いずれは消えていくものだろう。

この三年に、遊妓と客の恋などというものは、それこそいやというほど見てきた。

上手くいったものなどほんの一握り、あとは喧嘩別れをしたり愛想づかしをしたりされたりと、ろくなことにならないのだった。

「いくらうちの店の花代が高いからって、毎日客を取れるわけじゃないし、稼ぎはたかが知れてますよ。翡水様が歌と踊りを教えるだけじゃ、焼け石に水です。あとどれくらい借金があるか、玉卮様はおっしゃらないのですか?」

「さて、聞いたことはないな」

誰もが借金の額を気にしろというが、それを考えないのは翡水のずるさなのかもしれない。

「翡水様は無頓着すぎます。一度ちゃんと…」

「……ああ」

誰かがやって来る気配を察知して、翡水は適当に頷く。

「翡水。翡水、いないのかよ」

計ったように玉卮の声が聞こえ、秋玉は「あっ」と呟いてから急いで口を噤《つぐ》む。

「ここに」

姿勢を変えずに、入り口に背を向けたままの翡水が返事をすると、遠慮なく玉卮が入ってきた。

「ちょうどよかった。今夜、客が来るよ」

「客?」

「藍珪様だ」

ぴくりと反応した翡水が鏡越しに背後を見やると、玉巵は意味ありげな笑みを口許に湛えたまま、それを消そうとしない。

短袴《たんこ》に桃色の深衣を引っかけただけの玉巵は、煙管《キセル》を手にしている。

李《り》ではなく藍珪と呼んだのは、玉巵が事情を知っているせいかもしれない。いや、それは確信だ。玉巵はわかっていて、藍珪を客としてこの黄梅楼に迎え入れたのではないか。

いったい――何のために？

「――私は……」

「いいだろう？　どうせ抱かれたなら、一度も二度も同じことだぜ。あの人は商人で金払いもいい。上客ってもんだ」

「…………」

返す言葉が、ない。

藍珪が自分にぶつける恨みはまだ残っているのだろうか。その恨みがなくなれば、彼はもう翡水のところへ来なくなるのか。

そうすれば、翡水の胸中で今なおのたくる、不可解な感情の波も消え失《う》せるのだろうか。

「……わかった」

同意を示す翡水に、玉巵は「そう来なくちゃな」と楽しげに言う。くるりと背中を向けた彼が今どんな顔をしているのかは、翡水のあずかり知らぬことだった。

気持ちを静めるために簫《しょう》を手にした翡水は、一心不乱に故郷の歌を奏でる。

今はもう、滅びてしまった国の歌を。

しゃらんと玉簾が鳴り、秋玉に連れられた藍珪が姿を現した。

藍珪は何も言わずに榻《ながいす》に腰を下ろし、秋玉は一礼して部屋から出ていく。もう一度戻ってきた秋玉は、手に一通りの酒器を携《たずさ》えていた。

秋玉は卓子に酒器を置こうとしたが、藍珪が手を伸ばして盆ごと受け取ったので、はにかんだように笑ってそれを任せる。

無言での会話が成立していることにむっとしたせいか、翡水は一音間違えてしまう。

結局、そこで曲が乱れて、不完全なまま演奏を終える羽目になった。しかし、どうせ藍珪にはわからぬだろうからと、翡水は不機嫌に楽器を飾り棚に戻す。

「この郷で簫を教えているのだろう？　間違えるのはいただけないな」

「……どうでもいいことだ。わざわざ玉匝に遣いを寄越した割には、遅かったな」

挨拶をしない男にそうする道理はなく、翡水が冷え切った第一声を浴びせると、彼は微かな笑みを浮かべた。

「私を待っていたとは、殊勝な心がけだ」

「そなたを待っていたわけでは、ない」

「どうした、その言葉遣いは」

翡水が常日頃から心がける丁寧な言葉遣いを排し、それどころか昔と大差ない刺々《とげとげ》しい物言いをしていたので、藍珪は驚いたようだった。

「最初に言ったはずだ。私はこの黄梅楼の特別な遊妓だと」

「つまり？」

「私は客には媚びぬ権利を持つ。普段はそなたたちの流儀に合わせてやっているだけだ」

「要するに、取り繕うのをやめたということか」

既に彼は最初の驚きから立ち直ったらしく、口許には薄い笑みすら浮かべている。

「そうだ。そして、そなたはもう私の客ではない」

翡水の言葉に、藍珪は喉を震わせて笑った。

「淫売と言われたのが、そんなに癪《しゃく》に障ったのか」

皮肉げに低く笑った藍珪は、翡水の腕を摑んで力強く引き寄せた。

「あっ」

その胸に顔を埋めることになり、翡水ははっとした。

布越しでは彼の鼓動が聞こえないのは当然だ。けれども、後宮での日々、抱き寄せられる緊張の最中、互いに互いの鼓動さえ聞こえそうだと感じたこともある。

その記憶が、突如として甦ってきたのだ。

「なぜ私を淫売と言う？」

「己の目的のために躰を差し出す男など……それ以外に相応しい言葉は、ない」

藍珪の言葉はいやに冷ややかで、感情は一切排されていた。

「あなたが己の醜悪な性情を思い知るまで、私につき合ってもらう」

峻厳《しゅんげん》な藍珪の声が、翡水を容赦なく現実へと引き戻す。

「どうして……」

「あなたがもう一度、私の大事なものを奪うのが許せないからだ。己を知れば、あなたも考え直すだろう」

「もう一度？　私はそなたから何を奪った？　今は商人なら、兵士の職か？」

だとしたら、逆恨みもいいところだ。

翡水の誘いに乗った藍珪にも責任があるはずだと、翡水は訝しげに眉を顰める。

その問いに藍珪は答えずに、翡水の腕を摑んだ。

「あなたは娼妓の真似事は上手いが、まだなりきれていない。所詮は猿真似だ。私が教えよう、心まで落ちるというのがどういうことか」

彼は砕けそうなほどの強さで翡水の華奢《きゃしゃ》な腕を摑み、閨《ねや》に引き込んだ。

「離せ！」

「いいえ」

翡水は逃れようとしたが、用意された紐でがっちりと両腕を括《くく》られてしまう。藍珪は翡水を仰向けにしたまま、紐の先を牀榻《しょうとう》の透かし彫りに器用に縛りつけた。

「ッ」

頭上で縛り上げられたせいで、身じろぎするだけでも痛い。おまけに、暴れては年代物の牀榻を壊しかねないと、翡水は遠慮がちに動くほかない。

「おまえは力でしかものを言わせることができぬのか、この下郎が！」

「相手があなただからだ」

藍珪は感情の籠《こ》もらぬ声で告げた。

「この桃華郷で遊妓は人。ものではない。いくら商品とはいえ、人であることには代わりがない。だが、今のあなたは人にさえなれぬ、ただの肉だ」

「な！」

恥辱を与えるための言葉に、翡水は男をきついまなざしで睨んだ。

「そんな目もできるのか」

「…………」

く、と翡水は歯を食いしばったものの、反抗を諦《あきら》めたわけではない。藍珪の手から逃れようと左右に身を捩《よじ》ったにもかかわらず、翡水は呆気なく男の腕に抱き込まれた。

「私にとって、あなたは肉塊。こうして辱めるためだけの存在。心など必要ない」

心？　そんなものは、最初からないのに……？

暫く翡水を見下ろしていた藍珪が、口許に皮肉な笑みを浮かべた。

「――どうせ嬲《なぶ》るなら、あなたに合わせて昔と同じにするのも一興か」

「なに？」

「翡水様」

――あ……。

かつてのように優しく甘い発音が、鼓膜を、心を擽る。

「抗いは、もうおしまいですか」

冷たくも厳しい敬語なのに、耳から蕩《と》けてしまいそうになる。

しかし、それに騙されてはだめだ。

「うるさい！」

声を張り上げた翡水を冷淡に見下ろし、男は膝をぐうと下肢の付け根に押し当てた。彼は右足を揺らし、小刻みに振動を与えてくる。

「よせ…っ…」

返事の代わりに衣服を緩められ、翡水は頬を赤らめた。

「そう昂奮《こうふん》なさらないほうがいい。――もう雫《しずく》が垂れていますね」

己の肉体の反応に気づかれたという狼狽《ろうばい》から羞恥が生まれ、頬がかっと熱くなる。翡水は藍珪の躰の下で必死で踠《もが》いたものの、それ以上の抵抗は不可能だった。

「このあいだもそうだった。あなたは、ここで躰を売るのが向いているということか」

蔑む口調に、翡水は唇をぎりぎりと嚙み締める。その反応など無視して膝を軽く開かせてその狭間に身を滑り込ませた藍珪は、翡水のほっそりとした脚を持ち上げる。

「細い脚だ……力を込めれば、きっと折れてしまう」

「折る、つもりか」

彼の左右の肩にかけるようにそれぞれの脚を開かされ、翡水は痛苦に息を呑んだ。

「まさか。怪我《けが》をさせてどんな面白みがあると？」

「つく……」

不自然な姿態に顔をしかめる翡水を愉しげに見下ろし、藍珪は窄《すぼ》みに雄刀《ゆうとう》を突き立てる。

「！」

痛い……裂ける……。

なのに、おかまいなしに楔《くさび》が体内へと埋め込まれていく。

「苦しそうですね」

告げる藍珪の声も、掠れていた。おそらく、翡水の肉圧に耐えかねているのだろう。

「このあいだはよく見えなかったが、あなたの辛そうな顔もなかなかいい」

「うるさい、っ」

「緩めなさい」

「く……」

嫌だ。絶対に嫌なのに。嫌なのに……拒みきれない。

翡水の両腿の裏に手をやった藍珪が、そこを基点に翡水の躰を揺らす。

——と。

「あうッ！」

雷に打たれたように凄まじい刺激が、頭の天辺から足先まで一気に駆け抜けた。

「ここを虐めてほしいですか？」

「ッ」

男が手を伸ばし、翡水の花茎《かけい》の裏筋を乾いた指でつうっとなぞった。その湿度の差に、自分のそこがじっとりと蒸れているのだとよけいに思い知らされる。

「翡水様？」

「ンー……」

浅瀬で焦《じ》らすように肉茎をくゆらされて、翡水は鼻にかかった声を漏らす。そんなもどかしい動きでは満足できない自分に、舌を噛みたくもなった。

だが、こうなるように燼泉に躾《しつ》けられたのだから仕方がないのだろうか。

いや、違う。

おそらく、藍珪が上手すぎるのだ。その証に、翡水の秀でた額には玉のような汗がびっしょりと滲《にじ》む。同様に総身も敷布がまとわりつくほどに汗ばんでいた。

「も、う……嫌……」

「あなたに選ぶ権利など……」

「でも……あ、待って……」

「力を抜きなさい。怪我をさせてしまう」

「嫌だ、触るな…っ…」

指先で弄《もてあそ》ぶように裏筋を何度も刺激され、気を逸らされているうちに、とうとう根元まで押し込まれてしまう。

息をするのも、きつい。

これまで男妓として学んできたことが、何一つ役に立たないように思えた。

「う……うぅ……」

「痛いくらいに私を締めつけて、そんなに快《い》いんですか？」

「……知る、か……」

弱い声が漏れ、翡水は狭い蜜洞の内壁を引き絞って男を拒もうとした。なのに、覚えのある質感がぐいぐいとそこを擦《こす》る感覚に、鼻にかかった媚びるような声が漏れてしまう。

「あー…ッ…」

「よさそうだ。まったく……凄まじい……」

初めてそこを拡げたのが藍珪だから、このかたちを覚えているのかもしれない。本当は、翡水の秘蕾は彼のかたちになっているのかもしれない。

そう思うほどに、藍珪の楔はぬめった肉室《にくむろ》にすんなり馴染む。

心とは真逆に、とろりと蕩けた肉が、藍珪を根元近くまですっぽりとくるんでしまう。

「なんて躰だ……」

感じ入ったように藍珪が唇を震わせ、翡水の膚の上に汗の雫を落とす。薄目を開けて見れば、彼は苦痛に眉根を寄せており、その表情がひどく淫靡《いんび》だった。

「翡水様……」

呟いた藍珪がとうに乱れていた翡水の髪を一筋掬《すく》い、唇を寄せる。

「っ」

不意打ちの仕種《しぐさ》に心臓が震え、翡水は思わず体内の藍珪を痛いほどに締めつけてしまう。

彼は眉を顰め、翡水の髪を摑んだまま低く笑った。

「こんなことでも感じるのですか。さすが淫売は違う」

「そう…じゃ……」

そんなわけでは、ない。

今のは性欲を刺激されたわけではないのに、理解できぬ反応だった。

裏側をわずかに弄られただけですっかり反応しきった花茎からは、ひっきりなしに生まれる先走りの蜜が、筋になって褥《しとね》に滴り落ちていた。

なんて、はしたない……。

「動きますよ」

「やめ…ッ……」

やめてもらえないことは、よくよくわかっている。

ものとして扱われる惨《みじ》めさが募るからこそ、よけいに躰が震えて動けない。

腰を摑んだ男に激しく穿《うが》たれ、翡水は喘《あえ》ぐことしかできなかった。


——可愛い翡水や。おまえのための宮殿はどうだ？

匏王は芝居がかった仕種で己の両手を広げ、完成したばかりの翠玉宮《すいぎょくきゅう》を見せた。

昼の陽射しを受けて華やかに煌《きら》めく二階建ての小さな建物は、玉でできている。どれほどの金がかかったことかと、翡水は半ば呆れながらその宮殿を見やった。

「……ええ、まあ」

「そなたを迎えるために作ったぞ。どうじゃ、美しいだろう」

「籾玉《しぎょく》は上品なもの。日の光よりも月の光が映えると存じます」

「む……そうか」

翡水の放った鋭い言葉に、刹那、匏王は落胆したようだが、すぐに気を取り直した。

「さあ、中を見ようぞ。家具を見ればそなたも驚くに違いない」

「はい」

宝玉で作られた箪笥《たんす》、石造りの寝台。何もかもが豪奢《ごうしゃ》で、そこかしこに宝玉が嵌《は》められている。だが、それらを美しいものだとは、翡水にはどうしても思えなかった。

華麗な翠玉宮を見せても反応しない翡水に、匏王はしばしば言ったものだ。

「翡水、どうすればおまえは笑ってくれる？」

「…………」

王の前で、翡水は一度たりとも笑わなかった。あえて笑いたいという気持ちには、なれなかったからだ。

「笑みを見せておくれ、美しい翡水や」

猫撫で声を出されたところで、翡水の心は動かなかった。

彼のどんな心尽くしも、翡水には意味がない。歓心を買われたところで、無駄な話だ。

いかなる試みも失敗に終わり、しまいには藍珪に寝取られた匏王が怒るのも仕方のないことだったのだ。

翡水にどんな感情を注いでも、無意味なのだから。

それでも、最後の匏王の言葉だけは、今なおなぜだか妙に心に残っている。

それが呪詛《じゅそ》だからなのだろう。

翡水には誰も愛せない。誰からも愛されない……。

「…………」

漸く目を覚ました翡水は、苦痛に顔をしかめる。縛られたまま抱かれるのはひどく不自由で、少し動くと痛みが残った。

固く絞った布で自分の躰を拭《ぬぐ》うのは、藍珪だった。

左の腕を摑んで持ち上げ、手首からつうっとやわらかな膚をなぞって脇の下に。くぼんだ部分を拭かれ、くすぐったさと同等の甘い疼きに翡水はどきりとする。今度は布を少しずらし、肩から手の甲に戻る。

左手を下ろし、今度は右手を。

気まずさに寝たふりをしようと思ったが、今更無駄だった。

「ン……」

また脇の下を擽《くすぐ》られ、今度は明確に甘やかな吐息が漏れる。

「これくらいで感じているんですか？」

起きていたことに、気づかれていたのだ。

揶揄の声音に羞《は》じらい、翡水は唇を嚙む。だが、男の仕種はどれも翡水の性感をいたく刺激し、かえって躰をうっすらと汗ばませた。

膝裏の窪《くぼ》み、細い踝《くるぶし》。足首。足裏。どこもかしこも、まるで藍珪の痕跡《こんせき》すら拭い去るかのように、執拗《しつよう》に拭き取られる。

「あ！」

最後は秘蕾だった。

指一本動かせない翡水の肢体を裏返すと、藍珪はいきなり双丘を両手で拡げた。

とろ、と。

何かが溢れ出すのを感じた。

いや——何かなどではない。藍珪の精液だ。

「う…ッ……」

意識するごとに、折角拭われたはずの皮膚にどっと汗が噴き出す。

まるで一筋の糸のように、それは藍珪の掌に零れ落ちる。

いったいどれほどあの男は注いだのだろう。

こんなにたくさん溢れ出すなんて……。

「まるで種付けされた雌《めす》だ。私から、こんなに搾《しぼ》り取ったのですか」

冷徹な指摘に、頬が火照る。

それだけおまえが勝手に出したのだと言ってやりたいのに、下手なことを口にするのも億《おっ》劫《くう》なほど疲れていた。

「まだ出てきますね」

「っ！」

声が乱れたのは、舌打ちをした藍珪が、翡水の肉体に指を忍ばせたせいだ。鉤《かぎ》のように曲げた指を動かされて、隘《あい》路《ろ》の狭間に淀《よど》む白濁を掻き出される。

「綺麗な顔をしてるくせに、どれだけお好きなんです、これが」

「はっ……あ、あっ……」

さんざん蹂躙された襞を指で無遠慮に刺激されて、翡水は自然と腰を捩ってしまう。

「乱れすぎですよ」

からかわれたところで、もうどうしようもない……。

だって、まだ溢れているのだ。憎しみとともに叩きつけられた、男の劣情が。

不意に、虚しさに唇が綻びた。

それは自ずと生まれてきたものであり、普段は無表情な翡水には珍しいものだった。

笑みで、いいのか。

こんなものでよければ、いくらでもくれてやったのに。

あのとき、こんな微笑でも一度くらい見せてやれば、匏王は自分をここに売り飛ばさなかったのだろうか。

斯様《かよう》な、泥沼のような場所に。

いや、選んだのは自分だ。

二つしか道を与えられなかったとはいえ、ここに来ることを望んだのは翡水自身なのだ。

どこにいても同じことではないか。

ただ春を鬻《ひさ》ぎ、日々の糧を得る。その相手が王か、客か、それだけの話であり、翡水はどこにも行くことはできないのだ。

そして今、自分はこうして復讐されている。

男の憎しみが、自分にまで伝播《でんぱ》するようだ。だからこそ、斯《か》くも胸が疼くのか。

憎しみとはこんなに苦しく、痛いものなのか——。


翌日、夕刻になってまたも藍珪は現れた。

「いくら積んで玉卮を騙している？」

翡水が二晩続けて客を取らされるのは、まったくもって考えられないことだ。

秋玉づてに来客を伝えられた翡水は抗議しようとしたが、玉卮が「もうお待ちだよ」と言うので、追い返すこともできずに受け容れたのだ。

その相手が藍珪だったのだから、また腹が立つ。

「彼は頭がいい。私を上客だと見抜いていますからね」

「………」

「私はあなたを手酷く抱くだけで、ほかの客と違って道具も使っていませんよ？　その証拠に、あなたはこうしてさほど支障もなく店に出られるじゃないですか」

本来なら、自分は月に数度店に出るだけだと言ってやりたかったが、面倒になって翡水はその言葉を封じた。

代わりに、藍珪を睨みつけて別の言葉を発した。

「おまえのような客など、お断りだ」

「なぜ？」

「藍珪、私は私の客を選ぶ権利がある。ただ、恨みから乱暴に人を抱くだけの相手など……この私に何の得がある？」

おまけに、自分をこんなにも怯《おび》えさせる客など不愉快なだけではないか。

「あなたが損得を口にする日が来るとは思ってもみませんでしたよ」

口許を歪め、藍珪は傲岸に見下ろした。

「愉しみがよいのですね？　ならば、次に来るときは悦楽にしましょう」

「な……」

「あなたの望みくらい、叶えますよ。今までに一度も叶えて差し上げませんでしたから」

牀榻に腰を下ろす翡水の前に膝を突き、男はその手を取った。

「一度も？」

そうだろうか。

一度は叶えてくれたではないか。

宮殿から逃げたいという、翡水の手を取って。

その過去すら、この男の中からは消え失せてしまったのか——。

「今日は抱きません」

翡水の動揺を楽しむかのように、男は意地悪く言った。

「どうして」

「弱っているあなたを抱いても、つまらないからですよ」

藍珪の薄い唇が歪み、これまでに何度も見せられたあの冷酷な笑みを象《かたど》る。

作り笑いではなく、この笑みが彼の常態なのかもしれない。

藍珪は自分を呪い、憎んでいるのだろう。

わけのわからない暗く苦い念が、翡水の心を重く沈ませる。

「——ではまた後日来ましょう、翡水様」

「いい加減にせよ。その言葉遣い……」

押し殺した声で翡水は唸《うな》ったものの、藍珪はまるで頓着《とんちゃく》しなかった。翡水の言葉など一つたりともその耳に入っていない、そう言いたげな態度が鼻につく。

「このほうが慣れています。私はいつも、あなたを……ともかく、お躰を厭ってください。あなたを抱く愉しみを削がないように」

「もう、よせ！」

苛立ちから翡水が声を上げると、藍珪はどこかおかしそうな顔をして視線を上げる。

「何が？」

「虫酸《むしず》が走る。普通に話せ、このあいだのように。そして蔑めばよかろう！」

珍しく、今日の翡水は感情的だった。

……違う。そんなことを言いたいわけでは、ない。

それなのに、上手く言葉が出てこない。

翡水はもともと口が立つほうではないが、藍珪の前に立つとそれは顕著だ。

「こういう丁寧な扱いのほうが慣れているのでしょう。あなたは元王族だ」

「馬鹿馬鹿しい。私は……」

今やただの男娼だ。気位で飯を食えぬことくらい、百も承知というものだ。

翡水は蹌踉《よろ》めく足取りで立ち上がった。

「昔に戻ったようだから、ですか？　でも私はこれがいい。この話し方が慣れていますから。それに、どうせどこに戻ろうと、何も変わらない。心のないあなたは……誰に何をされようと変わらないのでしょう」

心がないと知るくせに、どうして藍珪はこのように容易く翡水の胸を乱せるのだろう。己の心情を言葉にしきれぬ苛立ちに、翡水は今にも叫びだしそうなのに。

「おまえがどんな話し方をしようと、今の私はただの男妓。それを忘れるな」

藍珪は翡水を見つめ、むっとしたように腕を摑んだ。

痛い。骨を砕くほどに荒々しく強い力に、翡水は身を強張らせる。

「離せ…ッ…」

この男が——怖い。怖くてたまらない。

それは今初めて感じるものではなく、翡水の胸にじくじくと燻《くすぶ》っていた恐れだった。

「……これは失礼」

気を取り直した様子で藍珪は微かに笑うと、「では、また後日に」と告げた。

「見送りくらいしてやる」

そのまま階段を下りて黄梅楼の入り口まで見送ると、丁重に頭を下げる。

「ご機嫌よう、藍珪様。もう二度とお目にかかることのなきよう、心より祈っております」

紡がれた言葉を聞き、藍珪は一瞬目を瞠ったあと、喉を震わせて低く笑った。

「心にもないことを」

呟いた彼が手を伸ばし、翡水の帯に触れる。

「な」

「相変わらず、不器用なんですね」

素早く帯を結び直した藍珪は、そのときだけわずかに穏やかな声になった。彼はそっと帯から手を離し、今度は翡水を見下ろす。

「あ」

藍珪に頬に指先で触れられ、驚きについ声が漏れてしまう。

それすら頓着せずに、彼が翡水の顔の線をなぞる。信じられぬほどに、優しい仕種で。

「どうか、御身を大切に」

「…………」

翡水が答える言葉を探しているあいだに、藍珪は振り向きもせずに足早に立ち去った。

6

初夏が近い。

結局、あれからまた藍珪《らんけい》は何度も顔を見せ拒みきれぬまま抱かれた回数は四度。

あれから翡水《ひすい》は数人の客を取ったが、皆、自分を満足させるには至らなかった。それどころか、藍珪の暴力的な行為のほうが、よほど翡水を感じさせた。そのことが、翡水には信じ難かった。

……まったくもって、馬鹿馬鹿しい。

くさくさするこの気持ちを一時でも忘れたくて、翡水は郷の中の店に買い物に来たのだった。

「翡水様、お久しぶりです」

郷には各種の商店があり、遊妓《ゆうぎ》たちは衣、装飾品、家具とさまざまなものを手に入れられる。翡水も贔屓《ひいき》にしている店があり、ここで衫《さん》や装身具を買うことにしていた。

「彩夏《さいか》。何か面白い品は入っているか」

「ええ、このあいだの買いつけで仕入れたものが……」

小間物屋のあるじである雨《う》彩夏の言葉に、翡水は頷《うなず》く。

年上の彩夏はたおやかな美貌《びぼう》の持ち主で、この郷で男妓《だんぎ》をしていた瑛簫《えいしょう》という男と所帯を持っている。男同士で所帯というのも妙な話かもしれないが、桃華郷《とうかきょう》ではさして珍しいことでもなく、郷の人々は彼らを微笑《ほほえ》ましく見守っていた。

「こちらの釵《かんざし》はどうでしょう？」

「翡翠《ひすい》か……美しいな。私にも扱えるか？」

「……髪に挿《さ》すだけですから」

翡水の不器用さをよく知る彩夏は、口許《くちもと》を袖《そで》で押さえてふんわりと笑う。

己の名と同じ名前の宝玉はさまざまな色合いのものがあるが、一番知られているのはこの華やかな翠《みどり》色のものだ。緻密《ちみつ》で光沢のある石は、陽射しを受けて微《かす》かに煌《きら》めく。華奢《きゃしゃ》な柄は銀細工で作りも丁寧だし、試しに髪に挿してみると艶《つや》やかな光を放った。

「よいな、これをもらおう」

鏡を借りて確かめた翡水は釵を抜き取り、それを彩夏に差し出した。

「かしこまりました」

頷いた彩夏は、釵に傷がないか改めて検分する。

「だが、どうして売れ残っていたのだ？　これならさぞ人気もあろうに」

「少し値が張るせいでしょう」

彩夏の店に置いてある小物はいずれも選び抜かれた逸品ばかりで、細工も丁寧で見目もよい。現に、彩夏と瑛籥が買いつけから戻ったことが知れると、翌朝は店の前に人だかりができるほどだ。娼妓《しょうぎ》たちの多くは己の身を趣味よく華やかに飾り立てることが、客を増やす近道だと信じている。それは間違ってはいないし、見た目を飾るのも大切なことだろう。

「それに、上品すぎてあまり目立たないのです」

苦笑する彩夏は、優しい手つきで釵の柄を指先でくるりと回した。

「値段に見合わないと思う者もいるということか」

翡水が言葉を引き取ると、「そのとおりです」と彩夏は同意した。

彼自身がこの遊廓《ゆうかく》の客であったということが信じられないほどに、彩夏の顔立ちは美しい。どちらかといえば、彩夏自身が男妓とでも言われたほうが納得がいった。

「その手つき、売るのが惜しいのではないか」

「そうではないのですが……商品の一つ一つに、旅の思い出があるものですから」

「……ああ」

言われてみれば、彩夏は自分の好きな男と二人でこの店を営んでいるのだ。買いつけも二人で行くことが多いようだし、それぞれの土地の思い出が染み込んでいるのかもしれない。

「いずこの細工だ？」

「塤《けん》です」

「塤……」

その国名に感じるものがあり、翡水は無意識のうちに眉間《みけん》に皺《しわ》を寄せた。

「何か障りがありますか？」

目敏《めざと》くその表情に気づき、彩夏はわずかに困ったような顔になる。

「……いや」

「楽《がく》によく買いつけに行く店があるのですが、そこで知り合った塤の商人が、いつもいいものを持ってくるので……それで、この頃は仲買を通さずに、その商人と直接取り引きをしているんですよ。このあいだも、店に寄ってくれたんです」

彩夏はさらさらと帳面に売り上げを書きつけてから、翡水に釵を「どうぞ」と差し出した。

「ありがとう」

翡水は礼を告げ、それから「今日は瑛簫はいないのか」とふと尋ねた。

決して広いとはいえない店だったが、あの長軀《ちょうく》の青年がいないだけで、やけにがらんとして感じられる。

「買いつけで出ているのです。まだ十日ほどかかるでしょう」

彩夏は何でもないことのように言うので、翡水は手にした釵を掌《てのひら》で弄《いじ》りながら問う。

「そうか。そなた、淋《さび》しくはないか？」

「……淋しくないといえば、嘘になりますが……」

やけに歯切れの悪い彩夏の返答に、翡水は眉《まゆ》を顰《ひそ》めた。

「どうした？」

「いえ、翡水様の口から淋しいなどという言葉が出るのが、意外で」

それこそ存外の指摘で、驚きに翡水が口を閉ざすのを見て、彩夏は「よけいなことを言って、申し訳ありません」と謝罪を口にする。

「いや、かまわぬ」

考えるまでもなく、そのとおりだった。

淋しい……か。その気持ちを味わったことはないのに、翡水はなぜかそう連想してしまった。

最近は馴染《なじ》みの恵明《けいめい》が顔を見せないことが、翡水の気がかりとなっていたからかもしれない。

ちょうど藍珪が頻繁に黄梅楼《おうばいろう》を訪れるようになった頃から、今度は恵明の訪問がぴたりと途絶えてしまっている。

会いたい。

彼のあの爽やかな笑顔を見たかった。

そうすれば、藍珪に踏み荒らされたこの心が、少しは晴れるような気がする。以前のような凪《な》いだ日常が戻ってくるように思えるのだ。


「そろそろ、か……」

今宵《こよい》は藍珪が来るという文が届き、翡水は気乗りしないまま身支度を整えていた。

嫌だ嫌だと思っても、玉卮《ぎょくし》に客を取れと言われてしまえば断りづらい。このところ恵明が来ていないこともあり、稼ぎが足りないという事情もあった。

おまけに、ついこのあいだは彩夏の店で釵を買ったばかりだ。

そのうえ、先だって牀榻《しょうとう》を買い換え、広く大きなものにした。これでまた玉卮への借金が増えてしまったが、出費としては仕方がない。金の面だけを考えると、藍珪が来るのが不幸中の……いや、不幸でしかない。

「これでいいか」

衣装箱をひっくり返した翡水は、季節に合わせた艶やかな色柄の衫を選ぶ。それから、このあいだ彩夏の店で買ったばかりの釵を頭につけ、秋玉《しゅうぎょく》の手を借りて髪を高く結った。

部屋には夏の花を飾ったし、寝具も先日作り直したばかりでふかふかとしている。

「翡水様」

「お通しせよ」

秋玉に連れられて、すぐに藍珪が顔を見せた。藍珪に関しては今更凝った演出での出迎えも何も必要ないし、彼の歓心を買う必要など皆無だった。

「待たせたな」

藍珪の第一声に、翡水は微かな苛立《いらだ》ちを感じたけれども、それをまともに取り合っては彼の思うつぼだ。

「待ってはおらぬ」

冷たく返したものの、藍珪は応《こた》える様子などまるでなかった。

今宵も藍珪が身に纏《まと》うのは藍色の地味な衫だが、彼の涼やかな美貌にはよく似合う。

「心待ちにしてもらえぬとは残念だな。久しぶりに時間を作ってきたのに」

「こんなところに通って、そなた、仕事はよいのか」

「心配か？」

「そうではない」

翡水は冷静に答え、榻《ながいす》に腰を下ろした藍珪の盃に新たな酒を注いでやる。檸檬《れもん》の味の果実酒は、秋玉が昨年のうちに漬け込んだものだ。

「いい香りの酒ですね」

感心したように藍珪が呟《つぶや》いたので、彼にもそういうことが言えるのかと、翡水は意外な面持ちになる。

「それは秋玉の手作りだ」

「なるほど。あなたと違って、客のもてなし方を心得ていると見える」

ふ、と藍珪が飾り気《け》のない笑みを浮かべたので、その姿にいつになく胸が騒いだ。

「いっそ秋玉の客になったらどうだ。水揚《みずあ》げしたいというのなら、私が口添えしてやろう」

「考えておきますよ」

涼しい顔で答える藍珪は、相変わらず何を考えているかわからない。

その無表情さと冷たさが、ひどく不気味だった。

ただ、次に来るときは快楽を寄越すと言い残したことが引っかかる。

そのことが怖い。覚えていなければいいのだが。

藍珪に抱かれて快楽を得ることなど……絶対に御免だ。

確かに、初めてあの翠玉宮《すいぎょくきゅう》で藍珪に抱かれたときは胸が震えた。苦しくて、せつなくて、不器用な快感を味わったのは隠しようのない事実だ。

だが、あんな気持ちにはもう二度とならない。あのときの気持ちが戻ってくるわけがないのだ。

「仕事なら取り立てて問題はありません。番頭の園安《えんあん》は有能な男だ。私がいなくても店は回せますよ。それに私には……」

沈黙する翡水の耳に届いたのは、騒がしい外の気配だった。

同じくそれに気づいたのか、藍珪も唐突に言葉を切る。

「無粋だな」

「まったくだ」

喧嘩か、あるいは無銭飲食でもあったのか。いずれにしても、翡水には関係のないことだ。

同じことを、藍珪も考えたようだった。

「抱きますよ。——来なさい」

「私はおまえなどと…」

「黙りなさい」

翡水の細い腕を摑《つか》み、藍珪は強いまなざしで睨《にら》み据えた。気圧《けお》された翡水をそのまま褥《しとね》に引き倒し、体重をかけて強引に組み敷く。衝撃で背中を打ち、息ができなくなった。

「よせ！」

このまま抱かれるのは、御免だ。藍珪の思惑に巻き込まれ、自分が自分でなくなってしまうような気がする。

その恐怖を最初に認識したのは……いつだろう。

「どうして私だけを拒むのです？」

改めて藍珪に問われ、翡水は一瞬、言葉に詰まった。私だけ、というのはどういう意味なのか。

「……………」

沈黙すると階下の騒がしさが耳に届き、翡水は訝《いぶか》しげに眉根を寄せる。

「疚《やま》しいのですか？　それとも、答えられませんか」

しかし、ここでよそごとに気を取られてはいけないと己を誡《いまし》め、翡水は藍珪を睨み返す。

「おまえこそ、私を買って何か楽しいのか」

「それをあなたが聞くのですか」

復讐か？

だとしたら、こうして桃華郷で春を鬻《ひさ》いでいる男妓を辱めて、いったい何の復讐になるというのだ。

翡水には、藍珪の気持ちがまるで理解できなかった。

「お待ちを！」

ばたばたと忙《せわ》しない足音と人の話し声が、今度は階段の方角から聞こえてくる。この店で何か面倒が起こったのかと、不安を覚えた翡水は藍珪を強引に押し退けようとした。

「おやめください！」

「まだ客が…」

切れ切れに誰かの声が聞こえ、翡水ははっとして視線を巡らせる。

入り口の玉簾《ぎょくれん》を掻《か》き分ける音が耳に届き、侵入者は続けて勢いよく閨《ねや》の緞子《どんす》を捲《めく》り上げる。

恵明だった。

まさか恵明がこんな不調法をするとは思わず、翡水は驚愕《きょうがく》に躰《からだ》を強張《こわば》らせた。

「恵…」

「兄貴！」

——何だって？

何とか言葉を絞り出したものの、それを恵明自身に遮られて、翡水は凝然とする。

対する藍珪は悠然としたもので、真っ赤になって息を切らせる恵明の登場にも動じない。

「恵明、仕事はどうした」

恵明が乱暴に掻き分けた簾《すだれ》が未《いま》だに揺れており、じゃらじゃらと耳障りな音を奏でている。

しかし、翡水はそれを止めるために立ち上がることさえできなかった。

それほどまでに、恵明の剣幕は凄《すさ》まじかったのだ。

「店は、園安に任せてきた」

青筋を立て、額に汗を浮かべた恵明の言葉に、今度は藍珪は呆《あき》れたような顔つきになる。

「おまえと二人だからと思って、留守を預けたのに？　無責任だろう、恵明」

「そうじゃない！　どうして兄貴がここに……」

やはり、兄貴と言った。

腑《ふ》に落ちない顔をする翡水に、藍珪は皮肉げな視線を向けた。

「翡水はまだわからぬと見えるな」

「どういう……」

問いただそうとする声が、期せずして掠《かす》れる。

何が起きているのか解せなかったが、翡水は立ち上がって衣服の乱れを整える。

藍珪は褥《しとね》に座したまま、そこから動こうとしなかった。

動揺と恐怖から心臓がばくばくと激しく脈打ち、立っているのもやっとだった。

「弟の身を案じるのは、兄の役目。大事なおまえが桃華郷の男妓……しかもよりによって翡水に誑《たぶら》かされていると聞けば、心配になるのも当然だ」

怯《ひる》まずに毅《き》然《ぜん》と言い切った藍珪は、自分を見下ろす恵明に視線を向けた。

「恵明、おまえは李《り》家の跡取りで、大事な血縁だ。道を踏み誤らせるわけにはいかない」

藍珪の言葉は殊更冷たいが、その冷たさは翡水にのみ向けられているものだ。それとは真逆の恵明に対する心情は、何よりもあたたかいのだろうと想像がつく。

「俺は誤ってなどいない！」

「目を覚ませ、恵明。私はこの男のせいで……翡水のせいで、立身出世の道を断たれ、おまえたちにも迷惑をかけた。李家の名に泥を塗った」

いくら塤が匏《ほう》から独立してその支配を受けなくなったとはいえ、匏の前王の顔に泥を塗った藍珪の居場所はなくなったも同然だろう。彼がどれほど苦労したか、目に浮かぶようだった。

「それなのに、おまえまでもが、翡水に惑わされるのか！」

鋭く弟を叱咤《しった》する藍珪の峻厳《しゅんげん》な表情に、翡水は己の胸を鋭い刃で突かれたような気分に襲われた。

兄としての藍珪の顔は、こんなにも厳しく、そして優しいのか……。

厳しい叱責を受けた恵明は刹那《せつな》、目を瞠《みは》ったが、すぐに首を大きく振った。

「俺は、兄貴が忘れられない男を見るために、ここに来たんだ。でも、今は惑わされているわけじゃない。翡水は昔どおりに綺麗《きれい》で、俺は……」

昔とは、いつのことなのだろう。しかし、口を挟むいとまもなかった。

「俺は本気で翡水を好きだ。彼を愛してる」

胸を張った恵明は、一歩たりとも退《ひ》く様子がない。

「馬鹿なことを」

藍珪は舌打ちをし、立ち上がるとその場に佇《たたず》む翡水の腕をぐっと摑んだ。痣《あざ》ができそうなほどにきつく腕を握られ、翡水は我知らず顔をしかめる。

「――ならば、仕方ない。この男が、どうしようもない淫乱《いんらん》だと教えてやる」

そのまま褥に放り投げられた翡水は、衝撃に起き上がれなかった。

「おとなしくしろ。おまえは男妓だろう？」

翡水は藍珪の手から逃れようとしたが、彼に背後から押さえ込まれ、抗《あらが》いは無駄なものになってしまう。

「何を！」

「嫌だ！　よせ！」

珍しく声を荒らげ、踠《もが》いているうちに髪が解《ほつ》れる。

「静かにしないか、翡水」

深衣を乱暴に緩められると、練り絹のようななめらかな膚《はだ》が露《あらわ》になる。後ろ手に括《くく》られた翡水は、恵明の前に半裸の姿を晒《さら》さざるを得なくなり、縋《すが》るようなまなざしを彼に向けた。

「恵明様！」

「兄貴、どういうつもりだ！」

必死な翡水の呼びかけに応えて恵明が手を出そうとしたが、藍珪が素早く制する。

「手を出すな、恵明」

「しかし！」

「翡水がおまえのときと同じ顔をするか、確かめてみろ」

藍珪は翡水の躰を背後から抱くと、這《は》わせるようにして腰を引き寄せる。そして、強引にあわいに楔《くさび》を突き立てた。

「あー……ッ」

翡水の唇から、あられもない悲鳴が溢《あふ》れる。

この異常な状況に昂奮《こうふん》していたのか、藍珪のそれは十分に熱かった。

呑《の》み込めるわけがない。

そう思うのに、無理に拒んで裂かれるよりはましかと、反射的に躰を緩めてしまう。

「…う…ッ…、ふ…うぅ……ん……」

「見ろ、こんなに簡単に……呑み込む」

硬く大きなもので一息に貫かれ、翡水の唇から声が溢れる。

「くぅう…ッ……離せ……！」

嫌だ、こんなことは……許せない。

自分は『もの』ではない。男妓としての矜持《きょうじ》もある。

——なのに。

浅ましいことに翡水の肉体は既に屈従し、すっかり馴染んだ楔を旨《うま》そうに咥《くわ》えていた。翡水の肉襞《にくひだ》は藍珪に吸いつき、性器を食《は》んでいた。

ぴくぴくと小刻みに躰を震わせながら、翡水は呼吸を整えようとする。

「いいんだろう？」

動きながら発された乱暴な口調は、普段の彼の取り澄ましたものとはまた違う。

「いやだ……、もう……」

擦《こす》らないで、ほしい……。

擦られると、その刺激が脳を掻き乱す。唇から妙な喘ぎを溢れさせるとわかっていた。

「躰とは違って、気持ちは素直にならないな……翡水」

衣服を脱ぎもせずに、藍珪は翡水の背後から苛烈に責め始めた。

解れた髪をたてがみのように摑み、恵明に見せつける角度で、彼は翡水を執拗《しつよう》に犯す。

「よせ、あっ、あっ、…は…ッ……」

恵明に救いを求める言葉を紡ぎたいのに、それすらも上手《うま》くできない。

「翡水、おまえ……」

恵明が掠れ声で呟くのを耳に留め、翡水は涙で潤んだ目で彼を見やった。

助けてほしい。頼むから。

なのに、男らしく優しい青年の瞳にあるものは——苦い怒りと落胆だった。

どうして……？

「感じてるのか、兄貴にそんなふうにされて……」

恵明の視線が、翡水の膚を辿《たど》る。

「俺はいつも、おまえを…大事にしてたのに……」

絶え間なく息を吐く口許、涙に濡《ぬ》れた唇。額に滲《にじ》んだ汗。繋《つな》がった部分を見られぬようにと、翡水は羞《は》じらいに身を捩《よじ》る。

そこは奈落のようにぱっくりと口を開け、男を呑み込んでいるのだ。

膚を這う恵明のまなざしに応じて、ますます躰が熱くなるようだ。

見ないで、ほしい……頼むから……。

恵明の目から、男を深々と咥えた部分が見えぬように祈る。

今、そこに藍珪が楔を打ち込み、まさしく蹂躙《じゅうりん》しているところだった。

太く逞《たくま》しい肉茎が未だに硬い秘肉を攪拌《かくはん》し、襞を擦過《さっか》しながら強引に拡げていく。それが、たまらなく快《よ》かった。

深い……。

臓腑《ぞうふ》まで突き上げられそうな激しさ、躰にまとわりつく視線の熱さに翻弄《ほんろう》されそうで、言葉が出てこない。

「答えろよ、翡水。兄貴にされて、感じてるのか？」

「け…めい…さま…」

それ以上声が出ずに、翡水は短い呼吸を繰り返す。

「当たり前だろう、恵明。この男は黄梅楼《おうばいろう》の売れっ子……どんなきわどい真似だってさせるんだ。——美しい、だろう？」

一度動きを止め、激しく息を切らした藍珪が告げる。

「…………」

荒い呼吸を繰り返す翡水には、もう、返す言葉もなかった。

そうか。こういうとき、人は怒るのか。裏切られたと失望し、落胆し、憤怒《ふんぬ》に打ち震えるのか。

あのときの匏王のように。

犯される翡水の躰を舐《な》める如く辿る恵明の視線に、あたかも二重に陵辱されているかの錯覚を抱いた。

躰に火が点《つ》いたようだ。

惨《みじ》めで、情けなくて……なのに、いつもよりもずっと感じてしまう。――恐ろしいくらいに。

「酷《ひど》くされて感じているようだ」

冷淡な言葉のせいか、それとも腸《はらわた》ごと突き上げるような揺さぶりのせいか、翡水の目から溢れた涙が頰を伝い落ちる。

「どうなんだ、兄貴」

「すごい締めつけだ。嬉しそうに震えて、私を喰い締めて離さない」

答える藍珪の声も、快楽に染まり、震えるようだ。

「ッ」

己の肉体の生理をそこまではっきりと口にされ、翡水の羞恥《しゅうち》はますます募った。

「また、一段ときつくなった」

「は……」

「そんなに…きつくすると、苦しいのはあなただ……」

「うるさい……っ」

だけど今はどうしようもないのだから、仕方がない。男妓らしい技巧を使えたのも、最初のうちだけだった。

「翡水」

どこか掠《かす》れた声で名を呼んでから、藍珪は翡水の腰をしっかりと摑み、激しく突き上げてくる。

擦《こす》られた肉と肉が熱くなり、摩擦熱で溶けてなくなってしまいそうだ。

「よせ、嫌だ、いや……いや、っ……もう…」

首を振るたびに、目から溢れ出した涙が筋となって頰《ほお》を伝い落ちる。

「達《い》くのか、翡水」

「い、いくっ」

かつて閨での作法として燼泉《じんせん》に仕込まれたときは、絶頂に迎えるときに達くと言えと命じられていた。

そのほうが男は悦《よろこ》ぶからだが、これまでに一度だって実行したことがなかったのに。

「ふ……」

背後で、藍珪が低く息をつくのがわかる。

同時に、とくとくと熱い精が肉壺《にくつぼ》を叩く。微かに腰を回した藍珪が、楔を使って翡水の蜜壺に更に精をまぶしていく。

「う……もう、抜け……」

脱力することもできずに腰を掲げたままで余韻に耽《ふけ》る翡水の背後から手が伸ばされ、その背を労《いたわ》るように撫《な》でる。藍珪の手も熱く、汗で湿っていた。

愛撫《あいぶ》とはまた違う、どことなく慈しみの籠《こ》もった仕種に、翡水は息をつくことができた。

この行為にはどういう意味があるのだろう？

「——兄貴」

恵明の声に藍珪ははっと手を引き、翡水から己の身を離した。

「わかったか、恵明。翡水が淫乱だと」

襞と襞を擦《こす》るようにしながら、ずるりと楔が抜ける。白濁が溢れる感覚に翡水は無意識に息を詰め、やがてゆるゆると吐き出した。

「目を覚ませ、恵明」

「違う……翡水は……」

「ならば、おまえもやってみろ。翡水は……拒まないはずだ」

「——そうなのか」

自分を見下ろす恵明の瞳に、悲哀の色が混じる。

違うと答えれば、きっと藍珪は自分を再度責め苛《さいな》むだろう。嘘つきだと軽蔑するだろう。

「翡水」

今の自分には、何を言う資格もないのだ。

薄い唇を噛《か》み締めると、ふつりと切れ、舌先に血の味が滲む。

「それが答えか！」

短く吐き捨てた恵明は自分の衫の帯を緩めると、いきなり翡水に挑みかかってきた。

「な」

狼狽《ろうばい》したのは、恵明ならばここで見逃してくれると思ったからだ。

「恵明様！」

掠れた声で呼び止めたものの、一度火の点いた男の激情を止めることは叶《かな》わなかった。

「今度は俺の番だ。愉《たの》しませろよ、翡水……」

繋がったまま左足を折られ、翡水は右を下に横抱きにされた。

側位で抱かれたのは初めてではないものの、こんなのは嫌だ。腕を括られたまま、翡水は藍珪に潤んだまなざしで縋ったが、無駄なことだった。

「あ……ッ……」

虚ろになった部分に、恵明の猛《たけ》った熱が押し当てられる。

「……らん、けい……」

助けを求めた先である藍珪がその傍らに座り、己の膝《ひざ》に翡水の顔を載せた。

「舐めてみろ」

「いやだ……！」

藍珪、嫌だ。嫌だ……嫌だ。

「舐めなさい」

おまえに道具にされるのだけは、嫌だ。辛くてたまらない。

いくら翡水が黄梅楼の男妓だとしても、客に奉仕をしたことはない。男妓は唇を大事にするのが一般的で、そこまでのことを求める客は、これまでいなかったからだ。

燼泉でさえ、翡水に舌技《ぜつぎ》を仕込むときは彼の指を使った。

「嫌…だ…」

「何が？」

「……おまえ、だけ…は……」

ほかのどんな男に触れられてもいいけれど、おまえだけは嫌だ。

その言葉が苦しくて出てこない。

「つくづく……見上げた根性だ」

翡水の真意を察したらしく、舌打ちした藍珪は翡水の髪を掴み、乱暴に持ち上げた。

衣服は乱れて脱げかけており、男たちの精液に汚れてしまっている。

「熱い……すごい、翡水……すんなり、入る……」

感極まったように言いながら、恵明が藍珪の肉体を攻略していく。

「あー……っ、や…、やめ……」

襞と襞の合間に、じわりと先ほど藍珪が放った精が染み込んでいくようだ。

「はいる……」

染みて、中に……躰の中に、藍珪がもっと入る……今、自分を抱いている恵明でなく。

呟いた翡水の言葉をどう思ったのか、藍珪がぐっと翡水の髪を掴んで上を向かせた。

「してみろ、翡水。私の弟を謀《たばか》っていた罪を償え」

縺《もつ》れた糸を、誰か解《ほど》いてほしい。

この罰は、己の犯した罪の対価に相応《ふさわ》しいだろうか？

諦念《ていねん》と共に、翡水は男のものに舌を這わせる。

これが——藍珪の味。これが、自分を犯した……男の味か……。

途端に、きゅんと胸の奥が痛くなってくる。

「ッ」

「恵明、どうした？」

「翡水の、中が……」

恵明の声が快楽を帯びたのを感じ、翡水は羞恥に呻《うめ》きたくもなる。しかし、そんなことすら考えてはいけないのだと、舌先で男のものを舐《ねぶ》った。

「しゃぶるのが好きなのだろう。こんなに綺麗なくせに……好き者だ」

下卑た言葉は藍珪らしからぬもので、惨めさはいっそう募った。

「夢中になってるな……この楼には、似合いだろう？」

そうではない。けれども、それならばどうして己の肉体が応じるのか。その理由が解せず、翡水はただ舌を動かすほかなかった。

「扱《しご》かれてる、みたいだ……こんなに、快《い》いのは……初めてだ……」

恵明の声は、ひどく艶《つや》めいている。

「淫売だからな」

侮蔑を交えた調子で言われたが、反論できない。

「翡水、それだけか？」

「んむぅ…っ…」

促されるように翡水は男のものを咥え、唇を窄《すぼ》めてきつく吸いついた。顔を離せば、淫《みだ》らな声を出しそうで怖かったからだ。

「ん、んっ……んーぅ……」

「畜生……翡水……」

悲しげに吐き捨てた恵明の凄まじい突き上げに、翡水の声も声ではなくなり、ただの音の連なりでしかなかった。

苦しい。苦しくて、たまらない……。

「ん、んん……んあっ……あ、あっ……ふ、む…ッ…」

またも藍珪の性器で唇を塞《ふさ》がれて、声も出せない。唇の端からは唾液《だえき》がたらたらと零《こぼ》れ、顎《あご》を伝い落ちては敷布に染みを作った。

「翡水……翡水……」

熱っぽく翡水の名を呼ぶ恵明の声が、どこか痛々しい。

自分の髪を摑む藍珪の指が、震えているように思えた。

己は彼ら二人を、共に傷つけたのだ。

——なぜ……？

自分は男妓だ。躰を売るのが仕事なのだから、それは仕方がないではないか。彼らとて、それを知ってこの黄梅楼に来たはずだ。

翡水の落籍を望んだ恵明とのあいだに愛があれば、修羅場になり得たのかもしれない。

けれども、自分にはまったく理解できない。愛というもの、その存在、かたち……作用。

「翡水……！」

「あ、ん、んむ…ーっ…ん、んっ」

唇を塞がれたままで、苦しくてたまらない。

先ほど藍珪が放った精液が、あまりの苛烈《かれつ》さに泡立つのではないか。そうも思えるほどの激しい抽挿《ちゅうそう》のあと、恵明が熱情を放った。

「つく……」

どろりと熱いものを喉奥《のどおく》に流し込まれ、首を掴まれていた翡水はわずかに身じろぎをする。呆気《あっけ》ないほど簡単に、藍珪が翡水から手を離した。

誰もが苦い面持ちで、この狂乱を見つめている。

暫《しばら》く肩で息をしつつも翡水を見下ろし、恵明は唇を震わせていた。

その顔色はひどく蒼褪《あおざ》めており、指一本動かせぬほどに疲れ切っていた翡水は、最早何も言うことができなかった。

「———気が済んだか、恵明」

衣服を整えた藍珪が、静かに問うた。

二人とも衣を脱ぐこともなく、翡水を犯したのだと、今になって認識した。

「……ああ」

「こんなに美しくても、所詮《しょせん》は男妓だ。ろくに抵抗しなかったろう」

恵明は「ああ」ともう一度悔しげに呟く。朦朧《もうろう》とする翡水の視界に映るのは、傷ついた顔をした恵明と、労るように彼の背中を抱く藍珪の姿だった。

「翡水……すまない。すまない……」

それでも先に謝るのはやはり、恵明のほうだ。藍珪のような卑劣な男が、謝罪するわけもないのだろう。

情けなかった。

これでは人形や道具と変わらないという、その虚《むな》しさ。

虚しさ、か……。

これまで感じたことのなかった思いに駆られ、翡水はぞくりと身を震わせる。

この期《ご》に及んで、そんな感情を思い出す必要はないはずだ。

「恵明、これでわかっただろう。おまえの間違いが」

相手を労るような優しい声で、藍珪が告げた。

「戻ったら早速日取りを決めよう」

「…………」

押し黙る恵明は、特に肯定も否定もしなかった。

日取りとは何のことだろう。無意識のうちに、翡水は恵明に向かって手を伸ばす。それを見た藍珪は舌打ちし、険しい顔で翡水の手を払いのけた。

優しくしてほしかった。恵明の優しさは、いつも、翡水の心を潤してくれるから。

なぜそんなことに、今更気づくのだろう……。

「宿に戻ろう、恵明」

「だが、翡水が……」

「金さえ払えば、問題はない。これがこの男の仕事だからな」

二人に陵辱された翡水は、未だに立ち上がることさえもできなかった。

かつて酷い真似をする客に当たったことは幾度もあるものの、ここまで過酷な仕打ちをされるのは初めてだ。

「――もう、ここには来ない」

「兄貴……？」

身を起こした藍珪は決然と告げ、翡水を見下ろしてくる。意外そうな声を差し挟んだのは、恵明のほうだった。

それはせいせいする。

この男に会うと、翡水は怯懦《きょうだ》を思い出す。藍珪の爽やかな声の中に潜む、恐ろしさに打ちのめされそうになる。

身を震わせ、心を痩《や》せ細らせる思いから自由になれるなら、それに越したことはない。

だが、恵明はどうなのだろう。

藍珪はもとより、恵明が来ないというのは翡水には考えられないことだった。

自然と縋るような視線を向ける翡水に、腕組みをして考え込んでいた恵明は蒼白《そうはく》のまま口を開いた。

「え……」

「――そうだな。俺も同じだ、翡水。もう、ここには来ないよ」

想定外のことに表情を曇らせる翡水に対し、恵明は物言いたげな顔になる。

「そういうことだ」

藍珪がじつに素っ気なく二人の会話に割って入ると、牀榻がぎしりと軋《きし》んだ。

「馴染みが二人もいなくなって痛手かもしれないが、今日の分は弾もう。手切れ金代わりに、ちょうどいいくらいにな」

「そういう問題では……」

「稼ぎが減ったところで、どうだっていいはずだ。どうせあなたは、この桃華郷以外に、行くところはないのだから」

言葉が出てこない。

引き留めるための言葉が、必要なのに。

――誰を？　何のために……？

どうして、失われようとする存在を繋ぎ止める理由がある？

「翡水」

暫く黙り込んでいた恵明が、振り絞るようにしわがれた声を出した。

「翡水、ごめんな」

「………」

声が出ない。どうしよう。喉が、痛くて痛くてたまらない。いや、痛いのは喉なんかではない。胸だ。心臓なのだ。

「今、目が覚めたんだ。この桃華郷は俺たちに夢を見せてくれる。俺にとって、おまえはなくてはならない夢だった。幼い頃からずっと……おまえに会うことばかり、俺は夢見ていた。

──だけどそれが、こんなに苦いものだと思わなかった」

恵明の声は震え、心底後悔している様子だった。

「甘い夢なんて一瞬で終わるもので……人生は夢よりも長いんだ」

なおも恵明は淡々と呟き、名残を惜しむ如く翡水の髪を優しく撫でる。

「すまない、翡水。でも、こうでもしなければきっと、俺には真実が見えなかった」

あまりにも静かな恵明の語り口には、深い悔恨が込められている。

残酷だ。

この夢から覚めることのできぬ人間は、どうやって生きていけばいいのか。

彼らを笑って見送り、また別の夢に溺《おぼ》れる人間を迎え入れよというのか。

別離などこれまで何度も繰り返してきたはずなのに、どうにも割り切れない。瞼《まぶた》の奥がずきずき痛み、涙腺《るいせん》の堤防は決壊寸前だった。

「翡水、いずれおまえにはきちんと詫《わ》びよう。俺にできることをさせてくれ」

人の好《よ》い恵明らしい言葉に、翡水は微かに唇を歪《ゆが》めた。

「もう二度と来ないのでしょう？　そんな義理はありませんよ」

掠れ声で言った翡水は起き上がると、先ほど藍珪が畳んだ自分の深衣を取り、ばさりと広げて肩にかける。

そして、くっと顎を引いて二人を見据えた。

「私は、この桃華郷の男妓。ましてや、黄梅楼がどのような店かはご存じのはず。規定の花代をいただければ、文句はありません」

それだけを漸う《ようよ》言ってのけると、二人の顔を交互に見据えて再度口を開いた。

「…お送りします」

まだ声は掠れていたが、それくらいのことはできる。

「しかし、翡水」

恵明が遠慮がちに声を上げたものの、この期に及んで気遣いなど不要だった。

「最後だと言うのなら、これが私の務め」

翡水は二人を先導して蹌踉《よろ》めく足取りで廊下を歩き、階段を下りていく。それすらも今の翡水には苦しいものの、それを完遂するのが男妓の矜持だ。

物音に気づいて出てきたのだろう。玄関では、眠そうな顔をした玉巵が立っており、「お帰りかい」と聞いてきた。

「はい」

婀娜《あだ》めいた様子で髪を掻き上げる年下のあるじは、翡水を見て微かに笑んだ。

「では、お代は明日にでも宿に伺いますよ」

「世話になった」

身を翻した藍珪は、真《ま》っ直《す》ぐに玄関を出ていく。その背中を追う恵明は、またも物言いたげな様子でちらと翡水を見た。

だが、そのあとは、二人とも二度と振り返ろうとはしなかった。

翡水は唇を嚙み締め、その場に呆然《ぼうぜん》と立ち尽くす。

自分は、何かを失ったのだ。だけど、それが何なのかがわからない。

——わからない……。

「乱暴にされたのかい。顔が真っ青だぜ」

「……平気だ」

声が震えているのを、変に思われなかったろうか。

どうしてこんなに胸が痛むのか、理解することはできない。

やわらかな深衣の上から胸を撫でても……答えなど見えない。
なのに、ただ苦痛は増す。
もう自分の髪を撫でてくれる人は、いない。彼らは二度と戻ってこないのだ。
それくらいは、翡水にも解せることだった。

7

「翡翠《ひすい》様……翡翠様」

「あ、はい」

翡翠ははっと顔を上げると、弟子たちが困惑した様子で翡翠を見つめている。

「先ほどからずっと同じところを弾いていますわ」

おっとりとした少女の指摘に、人前であるというのに翡翠は珍しく頬を染める。

「ああ……失礼」

妓院《ぎいん》の一部屋を借りて遊妓たちに稽古をつけるのが翡翠の日課なのに、最近はそれにも身が入らない。こうすることが借金を返す近道なのだから、しゃんとしなくてはいけないのに、何という体たらくだ。

どうかしている。早く、自分を取り戻さなくては。

歌も踊りも好きでやっていることで、そのとき、翡翠はつかの間の自由を得る。なのに今の自分は、その歌にも身が入っていなかったのだ。

「申し訳ありません。もう一度最初からにしましょう」

「はい、先生」

「先生も、ぼんやりなさることがあるんですね」

練習用の紅紫色の衫《さん》を身につけた少女たちは、この年頃特有のういういしい華やかさを備えている。

彼女たちはころころと笑い、翡水に親しみの籠《こ》もった表情を見せた。

あれから二月《ふたつき》。

藍珪《らんけい》も恵明《けいめい》も、言葉どおりに二度と桃華郷《とうかきょう》に現れなかった。

馴染みを二人失った代わりに翡水は新たな客を増やしたものの、彼らとの行為は相変わらず無意味なものだ。

愚かしいことだ。売春という行為に、意味など求めていたのだろうか——自分は。

恵明と藍珪が兄弟だったことには、心底驚いた。恵明の姓や、彼が何度も兄の話をしていたことを、もっと深く考えればよかった。だが、それでもあの事態は防げなかったはずだ。

「……それでは今日はここまでにしましょう」

「ありがとうございました」

板敷きの床の上で膝を突いた少女たちが頭を下げるのを見届け、翡水は楽器と楽譜をまとめて立ち上がった。

「先生、元気出してくださいね」

近づいてきた少女の一人がおしゃまな口調で言ったものだから、翡水はぎょっとした。

そうでなくとも、噂話《うわさばなし》が凄まじい速度で駆け抜ける桃華郷のことだ。

もしや、彼女たちは知っているのだろうか。翡水が二人がかりで犯されたことを。

そう思うと、顔から血の気が引くのがありありとわかった。

「身請け話がだめになってしまったって聞きました。先生はとても綺麗だから、すぐにいい話が舞い込んできますよ！」

そういうことか、と安堵《あんど》した翡水は自嘲《じちょう》に口許を歪める。

彼女たちはあの黄梅楼《おうばいろう》で躰《からだ》を売るというのが、どういう意味なのかをまだ理解していないのだ。

「……ありがとう」

一礼した翡水は座敷をあとにすると、ゆったりとした足取りで楼を出ていく。

「…………」

顔を上げた翡水の目に入ったのは、この時期特有の鱗雲《うろこぐも》だった。

秋。風はいよいよ冷たさを帯び、翡水がこの郷に来て、そろそろ四年になろうとする。

今日もまた昨日と同じ一日で、明日もまた今日と同じ一日だ。

あれから、やっと二月《ふたつき》。それともたった二月と言うべきなのだろうか。

無為に日々を過ごすことが、こんなにも虚しいものだったとは。

黄梅楼へ戻る道を歩きながらも、視線を動かして、探してしまう。そうして、あの二人に似た背格好の男を見つけては息を呑むのだ。どうせ違うと、彼らはもう来ないと、わかっているくせに。

自分にとって藍珪は、そして恵明はいったいどういう存在だったのだろう。

日々、考えて、考えて、そうして、考えることに疲れてしまって立ち竦《すく》む。

藍珪と恵明に対する怒りは最初はあったのだが、日常に紛れてその怒りは薄れていった。

なのに、彼らの存在そのものはまるで凝《しこ》りのように己の中に残り、存在を訴える。

怒りか、憎しみか。

そのいずれかの情ゆえだと思うのだが、怒りはいつしか消えてしまった。

ならば、憎しみ……か？

理解できないと、翡水はため息をついた。


「お願いします、玉巵《ぎょくし》様。もう利源《りげん》様のお相手は嫌なのです」

玉巵の居室から聞こえるのは、花信《かしん》の震えるような声だった。

「だが、利源様はもうこの郷にお見えだ。今夜もおまえを苛《さいな》みたくて、愉しみにいらしたんだよ。今更追い返すわけにいかねえよ」

「でも……」

花信の細い声音が、なおのこと頼りなげなものになる。

「利源様の責め方は尋常ではないのです。あれでは、私はいつか殺されてしまいます」

「閨《ねや》で死ぬなら大往生ってもんだ。諦めな、花信」

玉巵はとりつく島もなかった。

「せめて今宵だけは勘弁していただけませんか。昨日の今日では、到底無理です」

「誰かがおまえの代わりに利源に抱かれるってんなら、聞いてやってもいいぜ」

玉巵は相変わらず意地悪で、花信が肩を落とすのが気配だけで伝わってくる。

「最初に利源様を引き受けるって決めたのはおまえだろ。──わかったなら、支度をしな」

「…………」

花信が動く気配はなかった。

最近、間夫《まぶ》ができた花信は、借金を返すために必死に働いている。自由になりたいがために無茶な客の取り方をしており、利源の敵娼《あいかた》にもなった。本来ならば利源のような客は、出入りを禁止することも可能だ。いくら黄梅楼が金さえ積めばどんな客でも引き受けるような店とはいえ、利源の行為はあまりにも無体で、娼妓の躰を損ないかねない。

「玉巵」

翡水は思わず、簾《すだれ》を搔き分けて室内に足を踏み入れていた。

「おや、翡水。何か用かい」

「利源様の件を、考えてやってくれぬか。時折最中の声が私にも聞こえるが、あれでは花信が死んでしまう」

「珍しいねえ、翡水。おまえが他人のことに口出しするなんてな」

「私とて、見かねることもある」

翡水は毅然と言い切ると、玉巵を真っ向から見据えた。

「だがな、この楼の決まりは俺が作る。おまえは黙ってな」

玉巵の発言に、翡水はぐっと言葉に詰まった。

「まったく、恵明様と藍珪様のお二人が来なくなったら、途端に腑抜けちまって。おまえのよさはあの澄ましたところだったのに、どこに行っちまったのさ」

「これが、今の私だ」

「へえ、変われば変わるもんだ。なら、花信の代わりに利源様を引き受けてやんな」

考えてもみなかった言葉に、翡水は顔を跳ね上げる。

「利源様は責め苛む相手が欲しいんだ。相手が花信である必要はないからねえ」

「……いいだろう」

少し考えた末に、翡水は頷く。花信に比べて自分のほうが体格はいいし、何よりも丈夫だ。

それに、利源に責め殺されるのもいいかもしれない……そう思ってしまったのだ。

この先、この郷にいていったい何がある。

どこにも行くこともできず、帰るところもないこの自分に。

「翡水！」

蒼褪めた花信が悲鳴のようにその名を呼んだが、一度言い出したことは取り消せないし、取り消すつもりはなかった。

「私はかまわない。花信、そなたがよいと言うならな」

「これで決まりだ。よかったなぁ、花信」

嫌味たらしく言った玉卮は、煙管《キセル》でかつんと灰盆を叩く。

「さ、支度をしな。花信、おまえは寝てるといい。昨日の怪我《けが》がまだ治ってないんだろ」

「はい」

か細い声で返答し、花信が頷いた。

翡水はすぐに玉卮の部屋を出ていったが、その背中に「翡水」と花信が声をかける。

「何だ」

「ありがとう、翡水」

「……おまえのためにしたわけでは、ない。私のためだ」

「翡水の……？」

翡水は素っ気なく「ああ」と頷き、踵《きびす》を返そうとした。けれども、花信が深衣の袖を引いて離そうとしなかったので、ひんやりとした廊下に引き留められる。

「翡水は、変わったね」

「私が？」

「恵明様は、そこまで特別だった？　確かにお優しい人だったけれど……」

この楼の者ならば、誰もが知っている。藍珪と恵明が、翡水に何をしたのか。そして、玉巵がそれを止めなかったことも。

「違う。遊妓に間夫など毒なのだろう？」

「そんなことはないよ、翡水」

花信は翡水の手を探り当てると、そっと握り締めてくる。

「私たちは、自分の躰を金で売ってしまう。大事なものは全部、金で売り買いする。だから、心が大事なんだ。誰かを思い、思われる心が」

「心……？」

「うん。それればかりは、金ではどうにもならないもの」

彼の大きな目は、希望に煌《きら》めいていた。

「翡水、私たちに本当に必要なのは……思いなんだと思う……」

「おまえに、だろう？　我々に、ではない。私に、でもない」

翡水は決然と言い切ると、身を翻して螺旋《らせん》階段へと向かう。

ただ、忘れてしまいたいだけだ。

客を取り、快感の波に溺れれば忘れられるのではないか。

責め殺されれば消えるのではないか。

そう思ったからこそ、利源という厄介《やっかい》な客を引き受けたのだ。

それ以外の理由はなかった。


「利源様。体調を崩した花信に代わり、私が相手をさせていただきます。どうかよしなに」

翡水の口上に、利源は「おお、よいよい」と相好《そうごう》を崩した。

「翡水、そなたを愉しめるとは重畳《ちょうじょう》ぞ。そろそろ花信の悲鳴にも飽きてきたところじゃ。あの子は可愛い声で啼《な》くが、最近はどうも媚《こ》びているようでなぁ」

花信とて好きで悲鳴をあげているわけではないだろう。

なのに、なんと勝手な言いぐさだとむっとしたものの、翡水は口許に薄い笑みを浮かべることでそれを流した。

「酌《しゃく》をさせてくださいませ」

「うむ」

利源は盃の酒を呷《あお》り、すぐに翡水に値踏みするような粘ついた視線を向けてきた。衣服の下にある膚《はだ》の手触《てざわ》りを想像しているのか、それともそれ以上の何か、か。

「——今宵はいかようにお愉しみになりますか」

酌をする翡水の常套句《じょうとうく》を耳にして、好事家の利源はにんまりと笑った。

「では、今宵は道具を使わせてもらおうかのう」

「……はい」

いよいよか、と翡水は緊張に唇を嚙む。

道具を使うのは当然何度も経験があるが、よりによって利源の相手役を引き受けてしまった己の無鉄砲さに腹が立ったが、致し方ないことだ。

今は、没頭できることが欲しかった。

利源では無理だが、いつか彼らよりも大切にできる相手に出会いたいのだ。

「そなたの膚は縛りが映えそうだからなあ。だが、まだ経験がないのであれば、道具で嬲《なぶ》り甲斐《がい》があるというもの」

舌なめずりすらしそうな様子に、翡水は怖気立《おぞけだ》つのを自覚した。

けれども、客が望むことであれば、どんな要求にも応えねばならない。

「道具はあまり持っておりませんが」

「案ずるな、わしが手ずから選んできてやったぞ」

男はそう言うと、持ってきた袋の口を縛っていた紐《ひも》を解いて中身を取り出して見せる。

「…………」

奇怪そのものの張り型には、無数の突起がついており、醜悪さに翡水は呆然とした。

しかも、大きい。

こんなものを捻《ね》じ込まれては、裂けてしまってもおかしくはない。花信が泣いて嫌がるのもわかると、翡水は背筋がぞっとした。

「お待ちを、利源様」

「何じゃ？」

「これは、黄梅楼で禁じられております」

いくら無体をしてもよい男妓とはいえ、受け容れられる大きさに限界がある。黄梅楼でもその上限というものが定められており、利源の示したものは明らかに違反していた。

「花信は何でも許してくれたぞ？　金さえ払えば、少々はお目こぼしするのが遊妓というものじゃ。おまえもそうなのであろう」

「私は違います」

「何が違う？　どうせ、おまえもこの黄梅楼の男妓であろうが」

「！」

男は翡水を褥《しとね》に引きずり込み、荒々しい手つきで深衣を脱がせる。膚にぬめった唇を押しつけられて、総毛立つようだった。

あのような道具は無理に決まっている。それ以前に、気持ちが悪い。

客を相手にこんなことを考えるのは、初めてだ。

でも、違う……こんなのは嫌だ。

花信は間夫に対する愛があったからこそ、この暴力に耐《た》えたのだ。だけど、翡水には耐えられない。愛がないから。愛なんて知らないから。

それは……なんて、惨めなのだろう……。

「さて、と。あるじの言うことを聞かぬ悪い男妓には、お仕置きをせねばならんな」

気味の悪い声で笑った利源は、あの張り型を手に立ちはだかる。

「おやめください、利源様！」

「ええい、うるさいぞ！」

ばしっと頬を張られたにもかかわらず、翡水は「ですが」となおも言い募る。

「黙れ！」

よほど腹に据えかねたのか、利源は翡水の左右の頬を数回張った。

「この、売女《ばいた》が！」

口の中が切れて、血の味が滲む。頬がじんじんと熱くなり、感覚がなくなってきたが、利源は翡水を打つのをやめなかった。

「ッ」

悲鳴も出ぬままに揺さぶられた翡水の手が、寝台の傍らの台に当たる。そこから金属製の鈴が落ち、大きな音を立てた。

「うるさい！」

耳障りな音に男は怒りを煽《あお》られたらしく、真っ赤になって翡水の首に手を掛ける。

「っく……」

息が、できない。このままでは、死ぬ。死んでしまう……。

「う――……っ」

翡水は渾身《こんしん》の力を込めて、利源の躰を振り払った。

「うわっ」

利源が均衡を崩し、蹌踉《よろ》めくようにして寝台から転がり落ちる。

どすんと凄まじい音がし、一瞬、部屋全体が揺らぐような錯覚に襲われた。

ごほごほと咳《せ》き込み、翡水は呼吸を整える。それから慌てて利源に手を差し伸べようとしたが、そこに人影が飛び込んできた。

真っ先に部屋に飛び込んできたのは、玉巵だった。

「いかがなさいましたか？」

「何、も」

声が掠れて、出てこない。翡水の首のあたりに目を留めた玉卮は、振り返って利源に手を差し伸べた。

「利源様、こいつはどういうご趣向で？」

玉卮の声は、いつも以上に鋭さと険しさを増している。

「これは、翡水が……わしの用意した道具を嫌だと言ったからじゃ」

「道具？　これですか」

彼は寝台に転がっていた張り型を手に取り、そのおぞましい形状を目にして眉を寄せた。

「おお、そうじゃ」

対する利源は、悪びれる様子もなく、立ってでっぷりと太った腹を揺すった。

「この太さの張り型は、うちの男妓には扱えません。翡水も止めたはずです」

「…………」

利源が思わず黙り込んだのに、玉卮は追及の手を緩めなかった。

「この黄梅楼の男妓たちは特殊な男妓ですが、暴力と行為の区別はつけています。あなたのそれは虐待であり、暴力でしかない」

きっぱりと言い切った玉卮は、ぐうの音も出ない利源を真っ向から見据えてから、次に翡水に視線を投げる。

「おまえもだ、翡水」

「私？」

「どんな事情であれ、お客様に手を上げることは許されねぇよ」

玉卮は厳しい声で言い切ると、乱れた服装で息を荒らげる翡水を睨みつけた。

8

黄梅楼《おうばいろう》の地下にしつらえた仕置き部屋は、滅多に使われることはない。

翡水《ひすい》がそこに閉じ込められるのも、当然初めてだった。

「…………」

もとは貯蔵庫として作られた室《むろ》なので、入り口にはしっかりとした戸がつけられている。大人一人が横になれる程度の広さで、床には朽ちかけた筵《むしろ》が一枚敷いてあるだけ。地下の空気は澱《よど》んでおり、光はまったく入らなかった。

男妓としての務めをまっとうできなかった自分自身に、翡水はすっかり失望していた。利源《りげん》も悪いが、本来ならば、客の無体にはある程度耐《た》えるのが男妓というものだ。殊に黄梅楼はそのための妓楼《ぎろう》なのだ。

翡水もあれくらい、我慢しなくてはいけなかった。

なのに、自分には耐えられなかった。利源は怪我こそしなかったものの、たいそう立腹して黄梅楼を去ったと聞く。不幸中の幸いは黄梅楼が特殊な楼なので、利源が己のされた仕打ちを吹聴《ふいちょう》することはできないという点だろう。

湿った筵の上で、翡水は膝を抱えて俯《うつむ》く。

自分は変わってしまった。

己を貶《おとし》めようとして手を伸ばす人間に抱かれることは、こんなにも苦痛なのだと知ってしまった。なのに、以前と同じく男妓として淡々と躰《からだ》を売ることができるだろうか。

「………」

目を閉じて、翡水は何気なく自分の髪に触れる。利源の前に出たあとの汚れたままの格好で連れてこられたせいで、髪も膚《はだ》も不潔で不愉快きわまりない。

こんなふうに自分で触れたところで、何の喜びもなかった。

思い出すのは、恵明《けいめい》の優しい手だった。

そう、恵明はいつも優しかった。最後のあのとき以外は。

恵明はこの郷で男妓を買うことには、向いていなかったのだ。翡水はただの娼妓、金と引き替えに他人と寝る存在だ。けれども、恵明はその理《ことわり》を深く考えることもなく、翡水との関係に溺れていた。

そんな恵明を、愚かな男だとは思えない。

恵明は彼なりに誠意を向けてくれた。翡水を男妓でなく、一人の人間として愛そうとしてくれた。それが翡水には救いで、何よりも嬉しく、心が和らいだ。

そして藍珪《らんけい》は。

彼のことを思い出した途端に、胸がざわめいた。

心臓がずきずきと痛み、呼吸さえも不自由になり、苦しくなってしまう。

いけない。恵明のことを考えよう。彼の声は、指は、翡水を安堵《あんど》させてくれたから。

——翡水。

恵明の、あの声。

——翡水、好きだ……。

好きだと言ってくれた彼の声が耳奥に甦《よみがえ》り、じんわりと胸の奥があたたかくなる。間違っても、藍珪のことを思い出してはいけないと、翡水は再度己を誡《いまし》めた。

自分は彼に憎まれているのだから。

「…………」

淋しい。淋しくて、淋しくて、たまらない。

孤独だった。

こうして初めて、翡水は思い知ったのだ。

己の人生は、こんなにも孤独で虚しいものなのだと——。

夢の中で、誰かが自分に触れている。

優しい、指先。

これは恵明か。それとも、藍珪だろうか。

もう少し、触れていてほしい。

一人は嫌だ。一人でいるのは、苦しい。淋しい。

――淋しい……。

「翡水様、起きておいでですか？」

外から呼びかける秋玉《しゅうぎょく》の声に、筵に横たわっていた翡水は唐突に目を覚ました。急いで身を起こし、「何だ？」と戸の向こうに呼びかける。

「玉匠《ぎょくし》様が、もう出てもいいと」

「そうか……」

安堵に翡水はほっと息をつき、秋玉が戸を開けるのを待つ。

「翡水様……！」

勢いよく戸が開き、燭《しょく》を手にした彼は泣きだしそうな顔で、翡水に縋《すが》りついた。

久しぶりに見る秋玉の姿に安堵し、翡水は彼の背中を抱く。

あたたかい。

それから、翡水は自分の常ならぬ仕種《しぐさ》に動揺し、照れ隠しにその手をそっと離した。

しかし、秋玉はまだ翡水から離れようとしない。

「……秋玉、私の衣に火が点いてしまう」

「え、ええ。申し訳ありません」

翡水がそう言うと、ぱっと身を離した秋玉は照れくさそうに俯いた。

「着替えたあとに、玉巵様がお話があるそうです」

「わかった」

説教か嫌味か、あるいは借金の加算か。

いずれにしても、今の翡水には取るに足りないことだった。

着替えを済ませた翡水が玉巵の部屋へ行くと、彼は「まあ、座りな」と椅子を指さした。

烏木《うぼく》でできた豪奢《ごうしゃ》な椅子に腰を下ろす翡水をまじまじと見つめ、玉巵はにっと笑う。

「痕《あと》、ちょっと薄くなったな」

「え……？　ええ、まあ」

首を絞めてきた利源の指の痕は鬱血《うっけつ》となって残っていたが、地下室に三日もいるうちに薄れてきたのだ。

「窶《やつ》れたな」

「あそこでは食欲もないので」

陽も当たらない地下牢《ちかろう》に閉じ込められて、まともに飲食をする気力など出るはずがない。

「そいつはすまなかったな。けどまあ、喧嘩両成敗ってやつだ。あそこで利源様だけに厳しくしたんじゃ、ほかの男妓に示しがつかないからねぇ」

「柄にもなく人助けなど、しないほうがよかったようだ」

翡水は冷淡に答える。

「金が欲しかったのか？」

「いや……ただの暇つぶしだ」

「ふうん……」

考え深げに唸《うな》った玉巵は、自分の手元で煙管《キセル》を転がす。彼のその仕種はやけにゆっくりしており、地下牢に閉じ込められて疲労しきっていた翡水の神経をささくれ立たせた。

「おまえもそんな痛手を受けるなんて予想外だったぜ」

玉巵は掌《てのひら》から煙管を取り上げると、それを面倒くさそうに口に咥《くわ》える。

「痛手？」

「恵明様と藍珪様が、ここに来なくなったことでさ」

無造作にあの二人の名前を出されて、翡水の心はぎゅっと痛んだ。

「馴染みが二人もいなくなれば、私とて打撃を受けるものだ」

いけない。声が揺れそうになっている。

「……へえ」

ふう、と玉卮は煙を吐き出す。

おそらくは見透かされているであろうことが、口惜《くちお》しかった。

「じゃあ、おまえにいい話だ」

玉卮はにやりと笑って、値踏みをするように翡水の瞳を凝視する。

「おまえは明日から、晴れて自由の身だ」

「……なに？」

理解しかねる一言だった。

借金を完済したとも思えぬし、あの利源の機嫌を損ねたばかりだ。よもや、馴染みの誰かが身請け話でも持ってきたのだろうか。しかし、今の翡水の客で、身請けなどしてくれそうなお大尽も、そこまで翡水に気持ちを傾けてくれる者もいなかった。

「藍珪と恵明が、おまえを身請けしたいと言ってきた」

「な……」

信じられない言葉だった。

驚きと喜びに、頬に赤みがさすのが自分でもわかる。

——喜びだと？

「冗談は……」

「ああ、冗談だ」

珍しく翡水が無防備な表情になったのを嘲笑《あざわら》い、玉扈は意地悪く言った。

「どういうつもりだ」

胃の奥が熱くなり、指先が震えそうになる。翡水は思わず自分の手を握り締め、その激しさをなんとか堪《こら》えた。

こんな熱い怒りが自分の中にあるとは、今までに気づかなかった。

それほどの激しい感情が、迫《せ》り上がってくる。

「おまえが借金を完済したのは本当だし、その理由が恵明と藍珪にあるのも事実だ」

「意味がわかるように説明せよ」

ふ、と玉扈は艶めいた笑みを口許に浮かべた。

「おまえの抱えている借金は、ここでの生活費だけだよ」

意味が、わからない。

普通、遊妓の借金は店に買い取られたときの金子の総額だ。遊妓は躰を売ることで金を返すが、返すのに何年もかかる仕組みになっているのだ。

「鮑王《ほうおう》……いや、もう、前の王か。とにかくあの方は、おまえを俺にただでくれたんだ。条件つきでな」

持って回った言い方が気に入らずに、翡水は剣呑《けんのん》な目で玉扈を睨みつける。

「条件というのは、何だ」

「おまえが『愛』を知ったら、この桃華郷《とうかきょう》から追い出すこと」

「………………」

あり得ない条件を提示され、翡水は呆然と玉庖の顔を眺めた。

桃華郷に売られてくる人々の事情はそれぞれで、契約の方法も違う。しかし、まさか匏王がそのような条件を提示していたとは、初耳だった。

「おまえみたいに心のない男が、今更愛なんて……そんなのは無理だと思ったし、それなりにいい買い物だと思ったんだよ。何しろ、四天《してん》様と四海《しかい》様の斡旋《あっせん》だったしな」

煙管を弄びつつ、玉庖はわざとらしいため息を零した。

「でも、おまえは愛を知っちまった。もうここに置いておく理由はねぇよ」

「ではどこへ行けと⁉」

常になく声を荒らげる翡水をまじまじと見つめ、玉庖は不意に真顔になった。

「そんなのはてめえで考えな、翡水」

突き放されたところで、どうすればいいのかわからない。

「ですが！」

「――――否定しないんだな」

「え？」

「愛を知ったってことをさ」

その言葉に、翡水は眉根を寄せて訝しんだ。

思い知ったのはもっと別なことで、愛などではない。

「私が知ったのは、孤独だ」

「俺より年上のくせに、馬鹿だな、翡水」

くっくっと玉戶は肩を震わせた。

「孤独だとわかったのは、おまえが愛を知ったからだ。愛されることも愛することもないと知ったから、おまえは孤独なんだよ」


……眠れない。

寝つかれずに、翡水は牀榻《しょうとう》に潜り込んで無駄に時を過ごしていた。

夜の闇《やみ》はいつもと変わらずにくろぐろと翡水を包み込むのに、眠りの岸まではひどく遠い。

翡水は静かに自分の手を伸ばし、闇の中で見ようとした。微かな月明かりが緞帳《どんちょう》の隙間から入り込むせいで、ぼんやりと輪郭が見える。

手も足も、自分のもの。顔かたちもろくに変わらない。

確かに、二月前と今とで、何かが確実に変わっているのかもしれない。

しかし、外見の変化など他人に気取《けど》らせるようなものはないはずだ。

それなのに、愛を知ったのだからここから出ていけなどと、玉扈の言い分はおかしい。唐突に首切りを宣告され、翡水は大きな打撃を受けていた。翡水は解雇されても、行き場がない。

燼泉《じんせん》はどうだろう？

いつも優しく自分を包み込んでくれる人物を思い出し、翡水の心は仄《ほの》かに明るくなる。幸い彼の住む町は、ここから歩いて半日もかからない。燼泉ならば、落ち着くまで暫くは翡水を家に置いてくれるかもしれない。

だけど、そのあとは？

多少時間が経過すれば、また身の振り方を考えなくてはいけなくなる。

これからどうやって暮らせばいいのだろう。

帰って妹の杏林《きょうりん》の顔を見たかったが、男妓になった元王子——そんな触れ込みの兄が戻ってきても、杏林に肩身の狭い思いをさせるだけだろう。

結局、行き場などないのか。

桃華郷に来てからたくさんの人間と関わったのに、何も得たものはなかった……。

「…………」

いや、玉扈に言わせるのであれば、翡水は愛を摑んだことになるのだろうか。

愛なんて、知らない。そんなものはわからない。

ただ、恵明の掌の感触を忘れられないのだ。おまえは可愛いと言った、あの口ぶり。膝枕を喜んでくれたときの、嬉しそうな表情。

思い出すと躰の芯が震えるような恐怖を覚えるのに、藍珪の声も自然と甦《よみがえ》ってくる。

それとも、玉卮が『愛』といった理由が、彼らに会えばわかるのだろうか。

どれが愛なのだろう？　何が愛なのだろう？

そんなこと、誰も教えてくれなかった。翡水自身も、一度たりとも知ろうともしなかった。

どうしても寝つくことができずに、翡水は再度寝返りを打った。

目を閉じると浮かぶのは、生まれ育った邑《むら》の静かな湖だ。

そこを吹き渡る、風。その爽やかな匂い。

「藍珪……」

自ずと唇に上ったのは、あの憎たらしい男の名だ。

翡水はまんじりともしないまま、一夜を過ごした。

翌朝、己の顔を鏡で確かめると、寝不足で目は赤く、酷い顔をしている。

翡水は起きて顔を洗い、身なりを整えてから玉卮の部屋へ行った。

玉卮はまだ寝床におり、翡水に起こされて極めてご機嫌が斜めだった。

「それで？　こんな朝っぱらから俺のところに来るとは、覚悟は決まったのかい」

「ああ」

欠伸《あくび》をして榻《ながいす》に腰を下ろした玉卮に、翡水は真正面から立ち向かうつもりだった。

「どうするのかい」

微かに首を傾《かし》げる玉卮の挑発的なまなざしを受け止め、翡水は表情を引き締めた。

「故郷に帰る」

「故郷……？」

そんなものはあるはずもないのに馬鹿馬鹿しい——そんな蔑《さげす》みすら含まれているような声色で問い返されたが、翡水は説明を加える気がない。

「鼓《こ》はもうないだろ。おまえの売りは、亡国の王子ってことだったじゃないか」

「でも、ほかに行き場もない。鼓はないが、土地が消えたわけではない」

翡水は凜《りん》と言い切った。

「……へえ」

意外にも元気な翡水に毒気を抜かれた様子の玉卮だったが、「それならいいや」とふてぶてしく嘯《うそぶ》いた。

「行き先が決まった相手なら、良心も咎《とが》めずに送り出せるってもんだ」

「ああ」

「まだ荷造りや馴染みへの挨拶もあるだろうし、すぐにとは言わないよ。けど、ただ飯喰らいは迷惑だ。なるべく早く出ていってもらうぜ」

「わかった」

鼓への道のりはそう遠くないと知っているものの、道もろくに覚えておらず、徒歩での道中というのはあまり自信がなかった。だが、できないと言ったところで無意味だとわかっていたので、意思を貫くほかなかった。


黄梅楼の入り口で、ぐずぐずと秋玉が泣いている。

色づきかけた木々は美しく、道中でもさぞや麗しい光景を目にすることができるだろう。

「翡水様ぁ……」

「秋玉、私はもう男妓ではない。様と呼ばなくていいんだよ」

思っていたよりも優しく労るような声が漏れ、翡水は微笑んだ。

今更のように、秋玉がとても愛しく可愛く思えてくる。

見送りにやって来たのは、玉卮と秋玉と花信《かしん》、それに四海《しかい》と四天《してん》の五人だった。黄梅楼の売れっ子にしては地味な門出だが、翡水にはこれでちょうどよかった。

「立派な男妓におなり」

「はい」

涙で目を潤ませつつも、彼はしっかりと頷いた。それだけで安心できてしまうのは、己のひいき目ではないはずだ。

「これはおまえに」

翡水は先だって彩夏《さいか》の店で買った、翡翠《ひすい》を嵌《は》め込んだ釵《かんざし》を秋玉に渡す。身の回りの品物を処分すれば路銀の足しになり、餞別《せんべつ》ももらったおかげでかなり余裕があったので、これくらい渡しても罰は当たらないだろう。

「これまでお世話になりました」

翡水は向きを変えると、腕組みをして佇《たたず》む玉巵に向かって頭を下げる。

「ふん……おまえも頭を下げるくらいできるんだな」

玉巵は相変わらず可愛げがない。

「仕込んでもらいましたから」

「こんなときだけ敬語かい。腹が減っても、変なものを食ったりするんじゃねえぞ」

「はい」

玉巵の注意は子供じみていると思いつつ、翡水はほんのりと笑う。

本当は不安もあったものの、こうしたときには笑うのが通例だと知っていた。

「翡水、これは私からです」

花信が差し出したのは、腹下しに効くという薬草の包みだ。

「ありがとう、翡水」

「礼を言うのは、私のほうだろう。ここから出ていくきっかけを作ったのは、そなただ。そなたも早く、ここから出る日が来ればいいな」

「はい！」

花信ははにかんだ笑みを浮かべていたが、翡水の本心からの言葉に、その目は潤んでいた。

「意外と早く出ていくことになったのう」

「まったくじゃ」

四海と四天は相変わらず朗らかだったが、やはり翡水にはまるきり見分けがつかなかった。

「もう戻るなよ、翡水」

「……はい。お世話になりました」

「そなたに限っては世話した覚えはないがのぅ」

「したじゃないですか。翡水をうちの店に売るって決めたのは、お二人ですよ」

割り込んだ玉巵の言葉に、二人は「そうであったのう」と思い出したように大きく頷く。

秋風は爽やかだが、陽射しはまだ強く、特に今日などは汗ばむほどの陽気だ。

翡水は自分の足許を確認し、短袴《たんこ》の裾《すそ》を締める紐をもう一度結わえ直した。

「では、私はこれで」

立ち上がった翡水は大門へ向けて歩きだそうとしたが、向こうから見慣れた人影が近づいてきたので、思わず足を止める。

「やあ、待たせたね。――お久しぶりです、四海様、四天様」

黄梅楼の入り口へやって来たのは、身軽な旅装束の燼泉だった。翡水と同じように短袴を身につけ、沓《くつ》も軽やかで歩きやすそうなものだ。

「燼泉様……」

よかった。

最後に燼泉にだけは挨拶したかったので、こうして顔を見に来てくれたことが嬉しく、翡水は思わず唇を綻《ほころ》ばせた。

「翡水、故郷へ帰ると聞いたよ」

「はい。燼泉様にも大変お世話になりました。これからも御身を厭《いと》ってください」

心からの謝辞を告げると、燼泉は目許をふっと和《なご》ませる。

「ありがとう。君にそう言われると悪いものでも食べたんじゃないかと、不安になるな」

燼泉はひとしきり笑ってから、また食べ物の話かとむくれる翡水の頰を撫でた。

「だが、その挨拶は暫く取っておいてくれ」

悪戯《いたずら》っぽい口調で言われても、意味がわからずに翡水は訝しげな顔をしてしまう。

「どうしてですか」

「私も君と一緒に行くことにしたんだ。鼓へね」

燼泉は何でもないことのように告げる。

真っ先に声を上げて食ってかかったのは、玉巵だった。

「玉巵、いくら何でもこの子を一人きりで放り出せると思うかい？　こんなに華奢《きゃしゃ》で、武芸もできない。おまけに不器用で、刃物など握らせれば自分が怪我《けが》しかねない」

その言葉を耳にして、四海と四天、それから秋玉までもが噴き出して笑っている。

「それではあっという間に、盗賊の餌食《えじき》だ。玉巵、君だって寝覚めが悪いだろう」

「ですが燼泉様、仕事が……」

嬉しさを押し隠して翡水も言葉を差し挟んだが、彼は頓着《とんちゃく》せずに右手を左右に振った。

「ああ、それはいいんだ。仕事に関しては家の者に任せているからね」

「冗談じゃない！」

なおも玉巵は目をつり上げて怒るが、燼泉は飄々《ひょうひょう》と受け流してしまう。

「この子は私が仕込んだし、息子みたいなものだ。もう手は出さないから安心しなさい」

「そうじゃない！　俺はあんたが危ないって言っ…」

そこで玉巵は初めて人目があることに気づいたとでも言いたげに口を噤《つぐ》み、舌打ちをする。

彼がこんなふうになまなましい怒りを見せつけることもあるとは、知らなかった。

「とにかく、私は決めたんだよ。だめかな、翡水」

「それは……いらしていただければ、とても心強いです」

「結構」

燼泉はにこやかに笑って、今度は玉卮に向き直った。

「玉卮、私のことは心配いらないよ。真っ先に黄梅楼に戻るから、それでいいだろう？」

穏やかだがある意味とりつく島もない燼泉の言葉に、玉卮は渋々「勝手にすればいい」と言い放ってくるりと背中を向ける。

「では、行ってまいります」

「お世話になりました」

翡水は珍しく深々とお辞儀をすると、四海と四天はにこやかに笑った。

「うむ、達者でな。燼泉、翡水を任せたぞ」

「はい、お二人とも。――玉卮、留守は頼んだよ」

「…………」

腕組みをした玉卮はむっつりとしたまま振り返ろうともせず、翡水は仕方なく燼泉の背中を追った。

武門橋《ぶもんきょう》を抜けるまで、翡水は桃華郷を行き交う人々に見られた。

「あれ、翡水じゃないか」

「とうとう落籍《らくせき》されたのかい？」

「でも、燼泉様が特定の男妓を落籍するなんてねえ……」

彼らの声に、燼泉が苦笑するのがわかる。

「燼泉様はあちこちの妓楼でも顔なのですね」

「そう言うな、翡水」

武門橋を渡ったところで、翡水は漸《ようや》く後ろを振り返る。紅葉し始めた山の麓《ふもと》に広がる桃華郷は、赤く華やかな別世界のようだった。

「……よかったのですか」

ややあって、翡水は気がかりだったことを切り出した。

「うん？」

翡水の歩調に合わせてゆっくり歩いていた燼泉は、戸惑った様子で振り返る。

「玉卮です。怒っていたようですが」

「無事に帰りさえすれば、何の問題もない。こう見えて、私には武芸の嗜《たしな》みはある。君一人を守るくらい、わけないことだ」

燼泉にそう言われると、結局は心強い。有り難い同行者だった。

空高く飛ぶ雲雀《ひばり》の声は長閑《のどか》で、自分は本当に閉ざされた郷を出たのだと実感する。

これからは、どこにでも行けるのだ。

しかし、軽やかな心と裏腹に、歩き始めて半刻もしないうちに、翡水は自分の足の裏と踵《かかと》の違和感に気づいた。

「…………」

立ち止まって沓《くつ》を直してみたものの、特に踵に変な感触がする。先に数歩進んだ熾泉が、

「どうした？」と気遣わしげに足を止めた。

「いえ……」

「沓擦《くつず》れではないか？　見せてごらん」

道端の草陰で翡水に沓を脱がせた熾泉は、翡水の踵や足の裏の皮がべっとりと剝《む》けているのに気づいて、小さくため息をついた。

「これは酷いな」

「すぐに治ります」

楽天的な翡水の言葉に、熾泉は「まさか」と渋い顔で首を振った。

「ここまで酷いと、一日二日では治らないだろう。もうすぐ行けば大きな町があるから、そこで馬を調達しよう」

馬は相当高価だが、背に腹は代えられない。しかし。

「馬は乗れないのか？」

「乗れます。でも……久しぶりのことなので自信がありません」

「驚いたな」と言って、熾泉は破顔した。

「何がですか？」

「君がそうやって弱みを見せることが、だよ」

「それは……嘘をついてもあなたに迷惑をかけますから」

「……ああ」

君らしい答えだ、と燼泉はおかしげに頷く。

「君はすべてにおいて不器用だからな。嘘をつくのも下手そうだ」

優しく言った燼泉は、翡水の肩を軽く叩いた。

第二話　放鳥

——やれやれ、まったく惨めなもんだなあ。順調に出世してたってのに。

——王の寵姫って言っても男だぞ。そんな相手に入れあげて、利用されるなんてな。

無表情に郷里への道を歩く李藍珪《りらんけい》の顎には無精髭が生え、髪はすっかり乱れていた。

翡水《ひすい》。翡水、翡水……。

思い返すのは、あの美しい青年のことばかりだ。

匏王《ほうおう》の温情とやらにより寵姫を寝取った罰を与えられず、藍珪は兵の任を解かれるだけで済んだが、代わりに二度と匏都《ほうと》に足を踏み入れぬことを約束させられた。そのうえでもともとの垙《けん》との国境付近まで護送され、そこで釈放されたのだ。

故郷の町まであと一息というところだが、この体たらくでは足を踏み入れる勇気がない。

藍珪が茶店で休んでいると、旅の男たちの噂話が耳を打った。

「なあ、匏《ほう》の側室に翡水っていう男がいたろう。王を裏切ってほかの男と通じたうえ、一緒に逃げようとしたってことで、後宮を追い出されたらしいぜ」

初めて聞かされる、彼の話題だった。兵士たちは誰もが、藍珪に翡水の末路を教えなかったからだ。

怒った王に手打ちにでもされたのではないかと思っていたが、無事だったのか。

「追い出されたって、どこに？」

「桃華郷《とうかきょう》だよ」

――桃華郷、だと？　まさか、男妓として売られたのか⁉

衝撃に我を忘れかけ、藍珪はがたりと腰を浮かせる。

「何でも、王が選ばせたらしい。目を潰されるのと躰《からだ》を売るのはどっちがいいかってな」

「それで男妓になるのを選んだのかい。偉い人の考えることはわからないねえ」

あの翡水が、娼妓になるのを選んだのか。

信じ難い事実を突きつけられ、藍珪は息もできなくなった。

恥じらいつつも、膚《はだ》に触れさせてくれた翡水の体温はまだこの掌《てのひら》にさえ残っているのに。

いったい、なぜ。

「顔が惜しいんだろうよ。何しろ傾城《けいせい》ってくらいの美貌らしいからなあ。しかも、王がどうして逃げようとしたのかって聞いたら、相手に脅されたって答えたらしいぜ」

「へえ、そりゃあ一緒に逃げようとした男もいい面の皮だなあ」

可哀想に、と二人は下衆な笑い声を立てた。

脅した覚えなど、一度もなかった。翡水は自分に対して、特別な思いを抱いていたはずだ。

あまりにも無責任すぎる噂話に、藍珪は歯嚙みする。

一緒にいたいから、逃げようとしたに決まっている。

ならば、この手で翡水を救わなくてはいけないのではないか。

立ち上がり、再び歩き出した藍珪はとうとう故郷の町に入った。そこで道行く人々から浴びせられたのは、冷たい視線だった。

いくら属国だったとはいえ、塤の民が志願して匏の兵になったのだ。それは塤の民からは裏切りと思われてもおかしくはない。おまけにその男が王の寵姫を寝取るとは、塤の恥さらしだろう。藍珪が兵になることを反対した父は、いったいどう思うことか。勘当されてもおかしくはなかった。

「兄貴！」

店の前をうろうろとしていた男が手を振り、駆け寄ってくる。潑剌《はつらつ》とした笑顔は、間違えようがない。数年ぶりに会う弟だった。

「恵明《けいめい》」

「よく帰ってきてくれた！」

「恵明、すまない。私は……」

「いいんだ、兄貴。無事に戻ってきてくれたのが嬉しい」

恵明は人懐っこく笑う。

「さあ、匏都のことを教えてくれ。今宵は二年ぶりに飲み明かそう」

包み込むように優しい恵明の明るさが、藍珪の心を満たしていく。

「恵明……」

「辛いことがあったのだろう？　忘れてしまえよ、兄貴」

落ち着いた声に促され、藍珪ははっとする。

「だが、俺は……」

「向こうだってそれを望んでるはずだ。きっと、相当の覚悟で桃華郷へ行ったはずだ。水を差すのは、気の毒だよ」

……馬鹿だな。恵明の言うとおりではないか。

共に逃げようとしたところを王に捕まったそのときから、二人の命運は分かたれてしまった。それはきっと、神仙のお決めになったことに違いない。

彼が躰を売るようになった原因を作ったのは、藍珪なのだ。身を粉にして働けば、身請けするだけの金を作ることもできようが、果たして翡水がそれを喜んでくれるかどうか。いずれにしても、迎えにいけるのは、彼が男妓になったあとだ。やむを得ないとは言え、彼は身売りした己を許すだろうか。そうさせた一因の藍珪を許すだろうか。

翡水は美しいが、異国で人質としてただ一人で生きる強さも持っている。その彼が望んだことならば、受け容れるのもまた愛情のはずだ。

恵明たちが藍珪の過ちを許し、受け容れようとしてくれるのであれば、翡水のことは、家族のためにも永遠に忘れなくてはいけないのだ。

1

南方に位置する塤《けん》の秋は長閑《のどか》で、あたたかい。

「恵明《けいめい》」

広い邸宅は、大通りに面した店舗部分と蔵や住居がある部分とに分かれており、いずれにも多くの使用人が詰めている。

「恵明、いないのか」

藍珪《らんけい》が声を上げて弟の名を呼ぶと、蔵の方角から「こっちだ」という声が聞こえてきた。

「ここだよ兄貴」

藍珪が蔵に向かうと、恵明は埃《ほこり》まみれになってその片隅でごそごそと捜し物をしている。

「どうした、恵明」

「ん？　秀花《しゅうか》に母君の形見の耳飾りを贈ろうと思ってな」

屈《かが》めていた上体を起こした恵明の髪はぐちゃぐちゃで、彼がどれほど長くここで格闘していたかがわかるようだった。やんちゃな弟は、いくつになってもまるで変わらない。

籠《こ》もった空気が漂う蔵は暑いらしく、彼は額に汗を浮かべていた。

「なるほど」

艶《つや》やかな髪に綿埃がついていたとしても、異母兄の藍珪から見ても惚れ惚れとするような男ぶりだ。恵明は明るく頼りがいがあり、自慢の弟だった。

なのに彼は、ついこのあいだまで桃華郷《とうかきょう》の遊妓――こともあろうに、藍珪にとって因縁《いんねん》ある翡水《ひすい》に入れあげており、妻《めと》を娶らずに翡水を落籍したいなどと愚かなことを言っていたのだ。そのために、婚約を破棄するとまで言い出す始末だった。しかし、二人がかりで犯されて悦ぶ翡水の姿を目の当《ま》たりにし、漸《ようや》く目を覚ましてくれた。

恵明には真っ当な、陽の当たる道を歩んでもらわなくては、亡き父に申し訳が立たない。そうでなくては、過ちを犯して家名に泥を塗った自分の気が済まなかった。

恵明に尽くし、この家をもり立てることが己の使命だと信じている。

「――兄貴」

俄《にわか》に無言になった藍珪の前に立ち、恵明は表情をきりりと引き締めた。

「何だ？」

「俺は秀花と幸せな家庭を築くつもりだ」

決意に満ちた恵明の顔は凛《りん》としており、弟というひいき目を差し引いても頼もしいものだ。

恵明は翡水と手を切ると決めてからはだいぶ成長し、先延ばしにしていた秀花との婚儀を決め、ずっと待っていた彼女に正式に詫びた。

三月《みつき》のあいだに彼は秀花と新たな関係を築いたらしく、外で会っていると若夫婦に間違われるほどだ。今では似合いの二人として、町でも噂になっている。こちらが意外に思うほど呆気なく翡水のことを吹っ切ったのは、気が済んだからなのか。そればかりは藍珪にもわからぬし、蒸し返したくないと聞いていない。

「楽しみにしているぞ。まずは、一刻も早く、跡取りを作らなくてはな」

「ああ。——だけど俺……兄貴にも幸せになってほしいんだ」

「おまえの幸せが、私の幸せだよ」

嬉しいことを言ってくれると、藍珪は目を細めた。

「私は今のままでいい」

可愛がっている弟の幸せを祈ってきた藍珪にとって、恵明が先に結婚をすることにも、この家を継ぐことにも異論はない。

兵としての職務を忘れて翡水を選んだ藍珪に、幸福になる権利などないのだ。

「ああ、これは綺麗だ」

呟いた彼が取り上げたのは、大きな翠《みどり》色の宝玉が嵌《は》め込まれた髪飾りだった。

「待て、恵明。貸してみろ」

恵明から手渡された髪飾りを検分した藍珪は、あっさりと首を横に振った。

「紛《まが》い物だ。その翡翠《ひすい》は……本物じゃない」

「兄貴は目が高いな」

ヒスイという音の連なりを発した途端に、あの翡水のことが脳裏に甦《よみがえ》ってくる。

翡水――。

彼は昔のままだった。言葉遣いこそ客商売のために丁寧なものになったが、その華麗な美貌も物言いも……不器用さすら、何ら変わらなかった。

桃華郷の泥にどんなにまみれても、男たちの欲望にどんなに穢《けが》されても。

この三年のあいだ、藍珪は翡水を恨んでいたわけではない。寧《むし》ろ忘れようと思い、仕事に打ち込んできたつもりだった。

だが、翡水は自分の心に突き刺さった棘《とげ》で、己の最も弱いところに留まり、抜けることはなかった。

だからこそ、恵明から翡水の落籍を聞かされ、平常心でいられなくなった。自分から忘れろと言ったくせにすまないと恵明に謝られたが、そんな問題ではない。

兄弟が二人揃《そろ》って、あの毒花ゆえに道を誤るわけにはいかない。恵明を止めなくてはと焦る一方で、翡水に対する複雑な思いを抑えきれずに、藍珪は恵明にも内緒で桃華郷を訪れたのだ。しかも一度や二度ではなく何度も。

「兄貴は結婚はしないのか？」

「私のような男に嫁ぎたくなる女人などいまい」

「まさか！　兄貴ほどのいい男なら、それこそよりどりみどりだ」

「そうか、ならば私も本腰を入れて探さないといけないな」

藍珪は声を立てて笑う。

こんな無意味な会話をしながらも、無性に聞いてみたくなるときがある。

恵明はどんな気持ちで翡水を抱いたのだろう。翡水はどんな声で啼《な》いたのか。どんな話をしたのか。唇は……許したのか。

そんなことが気になるなんて、我ながら、どうかしている。

「しかし、暑くはないか」

「籠もっているからな。兄貴、団扇《うちわ》ならあるぞ」

再度藍珪に背を向けた恵明が、ごそごそと葛籠《つづら》を探る。「あった」と呟いた彼が振り返り、まるで宝物のように手を翳《かざ》して団扇を振ってみせた。

「母上の形見だ」

「……ああ」

宝玉が縫い取られた団扇はわずかな陽光を受けて、きらきらと輝く。

——まただ。こうした瞬間に、翡水とあの後宮で過ごした記憶が甦《よみがえ》る。

言葉を交わしたときの翡水の表情。淋しげな顔。

翡水は表情こそ乏しかったが、それでも時折見せる笑顔のようなものは可愛らしかった。詩の話をするときの珍しく熱を込める様子に、愛しさが増した。

初めて指に触れたときは、あまりの熱に手が溶けるのではないかと思ったものだ。

無論、錯覚だ。

幼い頃から憧れていた翡水に再会し、自分は舞い上がっていたのだ。おまけに翡水が自分のことを気に留め、時々声をかけてくれたから天にも昇る心地だった。

そんな憧《あこが》れの人に、恨まれて当然だ。憎まれて当然だ。

自分は彼を男娼の身にまで落とし、恵まれた生活を失うきっかけを作ってしまったのだ。

翡水に合わせる顔はないが、それでも、忘れられるよりはましだ。

そう思っていたのに、現実はもっと惨めなものだった。恨むどころか、翡水は自分のことなど、何とも思っていなかった。

藍珪はただの過去であり、彼の胸を引っ掻く小さな棘にすらなれなかったのだ。

明確な怒りが芽生えたのは、翡水に再会し、その事実を突きつけられた瞬間だ。

自分の存在は、過去も現在も翡水に何の意味も与えなかった。二人で罪を犯したことすら、無意味だったに違いない。そう知ったからこそ、藍珪は絶望した。怒りに打ち震えた。

翡水が後宮から逃げるために兵士を籠絡《ろうらく》したという噂は何度も聞いたが、当時はまったく取り合わなかった。しかし、今ならわかる。それは事実で、自分は利用されただけなのだ。

容易く恵明のものになろうとした翡水が、平然と娼妓をこなしている彼が、許せなかった。

だから、彼に対してあんなに非道な振る舞いをしてしまったのだ。

自分は翡水とは違い、何もかも覚えている。

忘れることなど、できはしない。

絶対に。


「眠れないのかい」

燼泉《じんせん》に声をかけられて、野原で薄手の布にくるまっていた翡水は振り向いた。

「野宿は初めてで……」

夜露にしっとりと濡れた草に触れ、翡水は呟く。

すぐ近くに繋いだ馬は休んでいるのか、時々尻尾《しっぽ》がぱたりぱたりと動く音が耳に届いた。

「すまないね、目測を誤った。今日のうちにもっと進めるはずだったんだが」

しみじみと申し訳なさそうに燼泉が言ったので、翡水は「いいえ」と首を振った。

「私のせいです」

翡水は素直に己の非を認める。実際、馬を使っても翡水は遠距離を進むことができず、旅程は最初の目測よりもだいぶ狂っていた。何しろ、乗馬もかなりの体力を消耗するので、想定よりも旅の進度は遅くなるばかりだ。

どちらにしても南方への旅で気候も温暖で、日々天候もいい。野宿は滅多にない経験なので、それもまた新鮮だった。怖いのは野犬や獣、あるいは魑魅魍魎《ちみもうりょう》の出現だが、人里に近い土地なのでさほど警戒はしなくていいらしい。

「明日……明後日《あさって》には圳《けん》に入り、それから匏《ほう》、そして鼓《こ》が……昔あった近辺になる」

熾泉との旅路は辛くはあるものの、だいたいにおいては楽しいことばかりだった。

「——なぜ、ついてきてくださったのですか」

「おや？　君は初めてそのことを聞いたね」

薪《まき》を手で折りながら、熾泉はおかしそうに笑う。

「聞いてはいけないと、思ったものですから」

「いいんだよ、聞いても。人が人に興味を持つのはごく当然の欲求だ。君は何に対しても、関心が薄すぎるんだ」

今更のように自分自身について評され、戸惑いに翡水は口を噤《つぐ》む。

そんなふうに言われたのは初めてだったが、確かに翡水は他人に対して強い関心を抱いたことがない。桃華郷に来てから、自分の周囲の人間に目を向けるようになったけれども、それも通り一遍のものだった。

何もかもが、薄い膜を一枚隔てたことのように曖昧《あいまい》で、ぼやけて輪郭が見えなかった。

ただ、恵明と藍珪の兄弟は違った。

彼らがぶつける感情はいつもなまなましく、翡水の心を揺さぶってやまなかったのだ。

「いつも、誰にも関わりたくないという顔をしているだろう?」

「私は、べつに……そんなことは考えておりません」

「では自分で気づいてないだけなんだろうな」

ふう、と男はため息をつく。

「相手を知り、理解しようとする。人は一人では生きていけないのだから、それも当然だ。誰かと関わることを恐れてはいけないよ」

「……はい」

今は素直に、燼泉の言葉を聞き入れることができた。

しかし、これで話の腰をすっかり折られてしまった。燼泉がついてきてくれた理由がわからなくなったと不満顔になると、たき火に薪をくべていた燼泉はふと破顔した。

「君でもそんな表情になるのか。拗《す》ねた顔も可愛いな。いい傾向だ」

どう答えればいいのかわからずに黙り込んだところ、頬を指で突《つつ》かれ、翡水は照れから目許を染める。顔を背けた拍子に、空に鏤《ちりば》められた星々が見え、思わず息を呑んだ。

桃華郷にいるときは、星なんて見ようともしなかったからだ。

夜に生きるくせに、翡水が知るのは己の部屋の天井を飾る螺鈿《らでん》だけだった。

「三年……四年前になるかな。初めて君に会ったときは驚いたんだよ、翡水」

「どうしてですか？」

翡水は首を傾げる。

「君は誰よりも綺麗なのに、人形のように無表情だったからね」

なるほど、と翡水は同意せざるを得ない。

「だから、君が笑ったことが、嬉しかったんだ」

「笑った……？」

「はじめは誰にも心を閉ざしていた君が、少しずつ変わっていくのがわかった。それが嬉しかったというのは、つまり……親心みたいなものだろうな」

父親という言葉が、確かにしっくり来るのかもしれない。

親の情愛というものから縁遠かった翡水には、燼泉の注ぐ歪《いびつ》だがあたたかな慈愛は心地よいものだった。

「秋玉《しゅうぎょく》も玉巵《ぎょくし》も、そう思っていたはずだよ。彼らは君をとても好きだった」

「だったら嬉しいのですが……」

「それに、息子の不始末を片づけるのは親の務めだからね」

何でもないことのように信じ難い事実を明かされて、翡水は目を丸くした。

「……息子!? だ、誰がですか？」

あまりのことに声を上擦《うわず》らせ、木の幹に凭《もた》れていた翡水は身を起こした。

「おや、君も驚くことがあるのかい」

「だって……」

「玉卮だよ」

「嘘……！」

驚愕に声が上擦り、翡水の頭上で鳥がばさばさと飛び立つ羽音がする。ふわりと白っぽい羽毛が落ちてきたのは、寝惚《ねぼ》けた鳥たちを起こしてしまったせいか。

「玉卮はそれを……」

「無論、知っている。知っていてあの子は私を好きなんだよ」

爐泉のまなざしと声色が、淋しげなものを帯びる。

好き、という言葉の意味合いは、翡水にさえも容易くわかった。恋情ゆえの妬心《としん》から、玉卮が翡水に辛く当たるのだとうっすら気づいていたからだ。

「ならば爐泉様は、玉卮を好きなのですか？」

「君にそういうことを聞かれるとは思わなかったな」

「申し訳ありません、でも……」

興味本位の質問をしてしまったと、翡水は恥じ入って足許の叢《くさむら》に視線をやった。

「好きだよ」

弄っていた薪を片手でぱきりと折り、燼泉は頷く。

「寧ろ、嫌いになれるわけがない。恋人のように、父親のようにあの子を見守ってきたんだからね」

「でも、親は親でしょう？」

「そうだ。所詮《しょせん》は父と子。いくら陽都《ようと》の神仙がおおらかとはいえ、親子や兄弟の契りは許されない。互いにいくら欲したとしてもね」

たとえ子をなさぬ行為とはいえ、絶対に許されぬことはある。

「玉巵には可哀想なことをしたよ。子育てはあれの母親任せだったし、私は彼の面倒を見るには見たが、美味《おい》しいところばかりを味わってしまったからね。玉巵が私に、男としての理想を投影するのも無理のない話だ」

「私はすっかり、郷がお好きな燼泉様は趣味人とばかり……」

「無論、それはそうだよ」

燼泉は喉を震わせて笑った。

「それこそ灰燼《かいじん》にまみれた惨めな私の人生に、玉巵は光をくれた。あの子には感謝しているんだ」

燼泉という名の示すところを知り、翡水の胸はせつなく痛む。もっと彼のことを知りたい。知ってみたかった。なのに、もうすぐこの旅は終わってしまうのだ。

「あの子は自分の見立てた選《え》りすぐりの遊妓を私に抱かせて、それで自分が抱かれたつもりになる。……憐れなものだろう」

「………」

「あの子は人膚を知らない。おそらく、私が死なない限り、永遠にね」

そう言われれば、玉巵の尖《とが》った態度や優しさと裏腹の不可解な言葉も納得がいく。あのとき、燼泉を案じて旅を止めようとしたのも。

「翡水、君は玉巵が嫌いかい？」

「……いいえ。彼には彼の事情がある。私にとって、玉巵はいいあるじでした」

腹が立つことも多かったし、彼の言葉や仕打ちに傷つけられることもあった。しかし、黄梅楼のあるじが玉巵でなければ、翡水の遊妓としての人生はまた別のものになっていただろう。彼は決して、翡水にとって悪い客をつけようとはしなかった。――藍珪以外は。

そして利源《りげん》に関しては、選んだのは翡水だ。

振り返ってみると、二人がかりで嬲《なぶ》られたのも、煮え切らない翡水に対する玉巵なりの荒療治ではないか。

「君はやはり少し変わったな」

「私が？」

感情の波を己の中に見いだした途端、翡水の苦痛は増した。これまで普通に過ごせていたことが嘘のように、些細《ささい》なことに翻弄《ほんろう》されるようになってしまった。

「何か覚えはないかい？」

「……孤独を」

掠れた声で翡水は言った。

「ん？」

「孤独を、知りました。あの地下牢で」

爐泉は一瞬目を瞠《みは》り、そして優しく微笑んで翡水の目を覗《のぞ》き込んできた。

「いいことだ、翡水。きっと君は、ますます変わるだろう」

「そうでしょうか」

翡水は苦い笑みを口許に浮かべ、俯いた。枝を折りたくとも手すさびになるものは近くになく、無様にも黙り込む。

「教えてごらん」

顔を向けた爐泉が手を伸ばし、翡水の頬をそっと撫でる。その感触に目を細めながら、翡水は「何を？」と幼子のような発音で問うた。

「君はどこに行きたいんだい？　本当の目的地は鼓ではないだろう？」

彼の手が、すうっと離れていく。

「…………」

体温を見失った翡水は俯き、夜露で濡れた地面に目を落とした。

「言っていいんだよ」

男の声に勇気を得た翡水は、やっとからからに乾いた唇を開く。

「――塤に」

自分でも笑いたくなるくらいに、消え入りそうな弱い声が漏れた。

塤と言えば、気づかれてしまうだろうとわかっていても、言わずにはいられなかった。

「では、私はそこで引き返すとしよう」

「ありがとうございます、燼泉様」

「ああ」

安堵を覚えた翡水が漸く彼の顔を見やると、それに気づいた燼泉は鮮やかに笑った。

「彼らを……いや、彼を好きだったのかい？」

その問いは、彼が翡水の意図を明確に汲《く》んだことを示していた。

「好き？」

「会いたくなるというのは、そういうことなのだろう？」

「わからない……」

そんなことは、知らない。

恵明の声を聞けば心はぬくもりを覚え、藍珪の声に故郷の湖を思い出した。

そのどちらがより強い思いなのか、翡水にはまだ摑めなかった。

玉卮が苛立つのも、当然だろう。

「ただ、思い出すと……胸が騒ぐだけです」

どうすることもできず、心は掻き乱される。

触れられたときの陶酔を思い出し、指が熱くなるのだ。

「それを好き、と言うんだよ」

「好き……」

「君は愛情を知ったんだ、翡水。玉卮も言っていたろう？　愛を知ったら桃華郷から出ていけ、と」

愛というものの定義は、わかる。人を思い、思われることだ。

しかし、こんなにも胸をざわめかせ、心を落ち着かなくさせるこの思いが愛だというのだろうか。

これが愛というのなら、平常心ではいられない。生きていくことが、日々を平穏に暮らすことが苦しくなる。こんなものを、人は欲しているのか。

「愚問かもしれないが、君は二人のどちらを好きなんだい？」

翡水は視線を上げて、燼泉を見やった。

「恵明様は優しくて、私はあの方のそばにいると安心する。でも……藍珪は怖い」

「怖い？」

「最初からそうでした。あの男に会うと、胸が苦しくなって……押し潰《つぶ》されるみたいになる。言葉も出てこないし、上手くものも考えられないのです」

そして今でも彼が怖いのは、どのような手段で恨みを晴らされるのか、わからないからなのかもしれない。

「――そうか。怖い、とはね……」

くすりと燼泉は笑った。

「おかしいですか？」

「ん？　いや、つまり……その、怖いもの知らずに見える君にも、怖いものがあるのか」

まるで誤魔化しているようにも聞こえてしまう。

感慨深げに燼泉は呟き、慈しみの籠もった手つきで再度翡水の髪を撫でた。

「答えを知ってどうする？」

「先に進みたいのです。憎まれているのなら、それでもいい。でも、愛などと言われるなら、その意味を知りたいのです」

「なるほど。――いずれにしても、もうすぐ答えがわかる」

「……はい」

「おやすみ、翡水」

身を屈《かが》めた燼泉が、翡水の額にくちづける。

「覚えておくといい。君は私にとって、息子のようなもの。君のことも、我が子のように愛していたんだよ」

「ありがとうございます、燼泉様」

その優しさに包まれて、翡水は漸く眠れそうな気がした。

2

恵明《けいめい》の婚儀は、七日後に迫っている。

晩秋といえども堳《けん》の気候は穏やかで初冬になるまでは暖かい。この天気が続けば、婚儀は素晴らしい日和《ひより》になるだろう。

婚儀においては、李《り》家やこの地方で何か特別なしきたりがあるわけではない。世話になっている者や親戚を呼んで宴《うたげ》をする程度であり、店はいつもどおりに開いている。尤《もっと》も、その宴に数十人を招くことになっていたので、内向きのことを任せた番頭の園安《えんあん》は、夜も寝ずに頭を悩ませているらしい。

表のことは恵明に任せ、藍珪《らんけい》は中庭に面した奥の間に籠《こ》もって帳簿の整理をしていた。

「兄貴、ちょっと」

入り口から顔を覗《のぞ》かせたのは当の恵明で、秀花《しゅうか》との婚礼を待ち侘《わ》びる表情は明るい。

「何だ？」

歩み寄ってきた恵明に問われ、藍珪は腰を浮かせる。

「この数字なんだが……どうも帳尻が合わぬ」

「ああ、これか。園安が何か言っていたな」

帳簿を眺めつつ話し込んでいると、ややあって恵明が納得顔で頷《うなず》いた。

「そういえば、この店は支払いに猶予が欲しいと言っていたな」

「では、その分だろう」

疑うところも特になく、藍珪はあっさり同意する。

「ちょうど俺が桃華郷《とうかきょう》に通っていた頃だ。気もそぞろだったのかもしれん」

桃華郷のことを出されて微かに胸が痛んだものの、恵明はそれ以上郷には触れなかった。

「結婚などしたら、ますます色惚《いろぼ》けしそうだな。気をつけて見張らなくては」

「兄貴がそんな冗談を言うなんて、意外だな」

二人で笑い合っていると、廊下から軽やかな足音が聞こえてくる。

「恵明様、藍珪様」

その声は店で雇っている小僧のもので、藍珪は「どうした？」と問い返した。

「客人がお見えです」

藍珪は恵明と顔を見合わせる。

そのような約束は取り立ててないし、恵明もそうだろう。お互いに役割分担をしているので、当日の予定は把握し合っている。飛び込みの客については番頭の園安に任せていたが、何か面倒なことでも起きたのだろうか。

「園安に任せられぬのか」

「先方は、旦那様たちに……お二人に所用がおありだとか」

二人一度というのは、どのような客だろうか。

藍珪と恵明は、結局は連れ立って店へ向かった。

陽都《ようと》の珍しい食品や装飾品、衣類を置いた店は、今日も繁盛している。

衫《さん》を身につけた町の人々に混じり、旅装束の人物が二人、藍珪に背を向けて立っていた。

まさか、あれは。いや、そんなはずがない……。

静かに佇《たたず》んでいた青年は、人の気配に気づいて全身で振り向いた。

「翡水《ひすい》……」

呆然としつつ声を上げたのは、恵明が先だった。

「お久しぶりです」

翡水は硬い顔で丁寧に頭を下げたが、その真意はまるで窺《うかが》えない。

「驚いたな、三月ぶりか？　いったい何の用だ？　足抜けでもしたのか」

先に立ち直った恵明は、矢継ぎ早に尋ねる。恵明の声音には気まずさとささやかな明るさとが、微妙に混淆《こんこう》していた。

「いえ……年季が明けたので故郷に戻る途中です。たまたまこの町を通りかかり、お二人の家があることを知りました。よろしければ一晩、泊めていただけませんか」

淀《よど》みなく凛然《りんぜん》とした物言いは昔とまるで変わらず、その声に聞き惚れそうになる。

それにしても、翡水に付き従う男の顔はどこかで見たことがある。

明らかに裕福そうな身なりで顔立ちも余裕が漂い、女衒《ぜげん》や何やらとは考え難い。

表情一つ動かさずに考え込んでいた藍珪は、そこで漸《ようや》く一つの考えが閃《ひらめ》いた。

——翡水の年季がそう簡単に明けるとも思えぬし、彼が翡水を落籍したのではないか。

そう思うと、不可解な苛立ちに胃の奥がかっと熱くなった。

「それは難儀だろう。どこへ行く予定だ？」

「鼓《こ》のあたりまで」

恵明と翡水が話し合う声が、鼓膜を素通りしていく。

秋の夕暮れは、早い。夕陽が赤々と翡水たちを照らし出しており、この分では夜までに次の邑《むら》には行き着かぬだろう。

長旅だったのは事実のようで、白かった翡水の膚《はだ》は日に灼《や》け、ほっそりとした手足も見事な黒髪も埃《ほこり》にまみれていた。

……なのに、今でもこんなにも美しいのだ。

こうして、藍珪の目を奪うほどに。

「どうする、兄貴」

話を振られて、藍珪は平静を装って乾いた唇を開いた。

「馬鹿、婚儀の前だぞ。馴染みの遊妓が訪ねては、秀花によけいな心配をさせるだろう」

その言葉に、翡水が一瞬、目を伏せる。

なぜだ？　婚儀というのを聞き咎《とが》めたせいか？

――ああ……そうか。

やはり翡水は、恵明を好きなのだろうか。だからこそ、落籍されて最後の思い出として、愛しい男をわざわざ訪ねてきたに違いない。

そう思うと、苛立ちに胃の奥が焼け爛《ただ》れるように熱くなってくる。

「俺はかまわぬ」

先ほどの強張った態度など嘘のように、恵明は何のわだかまりもなく爽やかに笑った。

「しかし、恵明」

「秀花は俺を信じてくれる。そんな女性でなければ妻に迎えたりしない」

そこまで言われれば、頑《かたく》なに翡水を拒むのも己の度量の狭さを示すようで業腹だ。

「詫びさせてくれ、翡水。あんなことをしたから気になっていたんだ。謝罪の意味も込めて、精一杯もてなしたい」

「私はべつに、あのようなこと、気にしておりません」

気にしていない、か。

翡水らしい回答に、苦いものが喉奥にまでこみ上げてくる。

「でなければ我が家になど来ないか」

あっけらかんと朗笑する恵明は、小僧に「荷物を持ってやってくれ」と明るく声をかけた。


その夜、翡水は燼泉《じんせん》と別々の客間をあてがわれた。同じ商売人ということで燼泉は恵明たちと気が合ったらしく、こんな時間になっても酒を酌《く》み交《か》わしている。

翡水は旅の疲れもあり、一人だけ先に休ませてもらうことにした。

恵明はともかく、家の者たちは翡水が藍珪と因縁あるあの鼓の王子とは気づかぬのだろう。

そのことを案じていただけに、翡水はほっとした。

恵明と藍珪の顔を見れば、自分の気持ちがわかると思っていた。

だけど、整理がつく以前の問題で、久しぶりに自分の顔を見た藍珪の迷惑そうな顔に、翡水はひどく打ちのめされていた。気持ちはぐちゃぐちゃに揺らぎ、落ち着かない。

もうすぐ結婚するという恵明の嬉しそうな態度以上に、藍珪の冷ややかな反応が辛い。

恵明を祝福はできるが、こんな思いをするならば、来なければよかったのかもしれない。

彼らに再会してもなお、翡水の孤独は癒《い》えそうになかった。それどころか、ますます深くなりそうだ。

そこでいきなり部屋の戸が開き、翡水ははっと身を起こす。

「燼泉様……？」

燼泉は廊下を挟んだ別の客間で寝るということだったが、部屋を間違えたのだろうか。

「あなたの連れならば、もう寝たところです」

懐かしい声だった。忘れようもない、その甘く美しい声音。

「……藍珪！」

翡水は目を見開く。

暗がりにやっと目が慣れ、灯りも持たずに訪れた藍珪の顔を認識できた。

「——このような夜中に、何用だ？」

思わず、強張った声音が漏れる。

「くだらない質問をなさる。商家の人間が、何の得にもならぬ相手をただで泊めると思ったのですか？　宿代を払ってもらうつもりですよ」

藍珪らしからぬ世知《せち》がらい発言に、己が招かれざる客なのだとつくづく思い知らされる。

「路銀ならば持ち合わせている。今日はもう遅いし、明日の朝、望みの額を払おう」

「わかっていない人だ」

呟いた藍珪が、不意に体重を預けるようにのしかかってきた。その意図を瞬時に察し、翡水は急いで彼を払いのけようとする。

「よせ！」

とにかく逃れなくてはいけないと、翡水は身を捩《よじ》った。一夜の宿を乞《こ》うたのは事実だが、どうしてこんな無体をされるのかと、怒りで逆に躰《からだ》が動かない。

「いいえ。やめません」

彼の声に熱い欲望が滲み、翡水の背筋を甘いものが走り抜ける。

「いや……やめろ……っ」

相手を意識した途端に、男を押し退《の》けようとする両手に力が入らなくなった。借り物の寝間着を乱暴にはだけられ、抱え込まれた脚を割られて双丘《そうきゅう》の狭間《はざま》に触れられる。

「あっ！」

「言葉では何とも言える。その証に、もう緩んでいますよ。毎晩、連れの燼泉殿に可愛がられたのですか」

凍てついた台詞《せりふ》とともに、藍珪のしなやかな指がとば口に押しつけられた。焦りを覚えるまでもなく、それはめりめりと肉体を拡げていく。

「ちがう……」

燼泉との道行きは穏やかで、翡水にとって生涯で最も楽しい旅だった。

それを劣情で穢《けが》されるのは、御免だ。

「んっ……く……」

「どこが違うんです？　ほら、もう勃《た》ってきている。無理矢理されるのが好きなんですね」

嫌なのに。

怖くて恐ろしくて、顔を見るのも息苦しいのに、藍珪に抱かれると思うと、躰が勝手に緩んでしまう。

「離せ……嫌……だっ……」

してほしくて、奥まで埋めてほしくて、突き入れられた指を旨《うま》そうに食《は》む。

けれども、それでは物足りないと知っている。この程度では、満たされない。

——満たされたいと、思っているのか……この男の手で。

「綻《ほころ》んでいますよ。これなら、何もしなくても入りそうだ」

男の昂《たかぶ》りがそこに突きつけられたかと思うと、最後まで一息に貫かれた。

「あー……ッ……！」

ほぼ一撃で翡水は達し、熱いものが弾《はじ》ける。下腹部を体液がべとべとに汚し、特殊な男妓を辞めてもなお、このような暴虐に酔ってしまう己への羞恥から全身が震えた。

なぜなんだろう、いい。感じてしまう……こんなにも、激しく。

「…う…あっ……」

腰を引く瞬間に、粘膜と粘膜を擦《こす》り上げる凄まじい熱量を意識する。肉茎《にくけい》のせいで畳まれた内壁が引き攣《ひ》《つ》り、襞が伸ばされていくような錯覚に翡水は戦慄《わなな》いた。

「ほら、こんなに感じやすい」

囁《ささや》くように低く告げる藍珪の声も、艶《つや》めいた吐息が混じりかけている。

「いやっ……やめろ…ッ……」

拒もうとしながらも、肉体の反応は顕著だった。触れられてもいないのに乳首が勃ってい
ることは、寝間着で擦れた尖《とが》りの痛いくらいの張り詰め方からも明白だった。

気持ち、よかった。

藍珪にされるのが一番いい……。

そこに彼の思いなど何もないとわかっているのに、どうして。

道具のように扱われるという苦痛――胸の痛みから、やるせない涙が溢《あふ》れ出す。

「何もしていないのに、勝手にまとわりついてくる……そんなに男が好きなら、どうして落
籍されたんです？　窯子《ようし》にでも行けば、毎晩違う男が可愛がってくれますよ」

藍珪の声が更なる官能を帯び、責めの言葉でさえも翡水の鼓膜をつきつきと刺激し、より
深い情欲の坩堝《るつぼ》に突き落とそうとする。しかし、それに惑わされてはいけない。

「黙れ…！」

「いいでしょう。代わりにあなたが口を利くといい」

引き換えに今度は深く深く突き込まれ、激しく前後に揺さぶられる。

「あ、っ…あ、あ、もう…ッ…」

こうなれば、翡水は何も言えずに喘《あえ》ぐしかなかった。

藍珪に抱かれている。この男の生の欲望を、斯《か》くも荒々しくぶつけられているのだ。ぐちゅぐちゅと音を立てて過敏な蜜壺《みつつぼ》を攪拌《かくはん》されると、浅ましくも下腹部が疼《うず》いた。

どうしよう、気持ちがいい……。よくて、よくてたまらない。

こんなにひどくされているのに、躰がもう慣れてしまったのだろうか。

「こちらも弾けそうだ。こんなに美しいくせに、あなたは本当に穢されるのがお好きだ」

ぬめった水音を立てて、藍珪が翡水の下腹部を弄る。おざなりな愛撫《あいぶ》だというのに、藍珪が自分に触れている、そう思うだけで快感が倍加し、せつないほどに全身が痺《しび》れてくるのだ。

「…ら、藍珪……」

遠慮がちに名前を呼んだ途端に、体内の藍珪がぐっと大きくなった。

そんなふうにされたら、呼吸すら上手くいかなくなってもっと途切れてしまう。

「藍珪、もう…っ…」

苦しいから抜いてほしいのに、藍珪はまったく頓着《とんちゃく》してくれない。

「翡水、様…っ……」

自分を呼ぶ藍珪の声は甘く掠れ、普段の冷静さからは考えられないほどに息が弾んでいる。

それが色っぽいと思った瞬間、もっと胸が掻き乱される。尻いっぱいに嵌《は》められた楔《くさび》が動くたび、じわじわと襞が痺れ、いっそう翡水を酩酊させた。

「……翡水……」

「ら、ん…けい……っ、あ、っ、そこ、痛っ……ああ、あっ…んぁ…ッ……」

抽挿《ちゅうそう》がいっそう激しくなり、翡水は短く切れ切れに喘ぎ続ける。自分が何を言っているのか、もうわからなかった。

力を込めて払い退けたくとも、彼の二の腕を摑めば、逆にもう縋《すが》りつくほかなくて。

「やめてほしいのですか？」

「嫌……っ」

ふ、と呆れたように彼が笑うのが、気配でわかる。

「でしたら、出しますよ」

胸に落ちた冷たいものは、彼の顎を伝った汗の雫《しずく》。

「だめ…まだ……待っ……射精《だ》すな…ッ…」

「私では嫌、と……？」

尖った声で問うた藍珪が、肉のぶつかる音がするほど過酷に腰を打ちつけてくる。

「待っ…嫌、や、あ…っ…あ、あ、あ……！」

「達《い》きなさい」

やめてほしくない。やめないでほしい。このままでいてほしい。

喘ぎながら翡水は自分の思考を追う。

それはこの行為が快楽だから、ではない。

おざなりの快楽なんて、誰にでも与えられる。そんなものに、意味はない。

──ずっと……彼に会いたかったからだ。

繋《つな》がりたかった。一つになりたい。たとえそれが、一瞬であっても。

ほんの少しでもいいから、藍珪に触れたかった。彼を見つめ、見つめられたかった。

やっとわかった。

藍珪。

生きる理由は、あった。

あの泥の川のような、桃華郷という底辺に身を落としていても。

おまえに会いたかった。会いたくて、会いたくて……忘れようとしつつも、本心ではそう願っていた。

後宮での日々、その望みがあったから、あの桃華郷で無為な生を繋ぐことができたのだ。

それが愛かどうかは、わからない。

ただ、会ってもう一度、この瞳を見つめてほしかった。

「藍珪…っ…」

喘ぐ翡水の目から、一条の涙が落ちた。

3

翌朝。

一人虚しく目を覚ました翡水《ひすい》は、重い躰《からだ》を引きずるようにして、前夜のうちに指示されていた食堂へ向かった。

「燼泉《じんせん》様は？」

支度を終えた翡水が食堂で顔を合わせた藍珪《らんけい》に問うと、彼はこともなげに答える。

「暫く旅をするので、あなたを預かってほしいということです」

「そう、なのか……」

「馬は一頭使うとおっしゃっていたとか」

「わかった」

二頭あっても仕方ないのだから、馬に乗っていったのはかまわない。路銀は翡水も持っていたため、取り立てて不自由はなかった。

不思議なのは、翡水に挨拶もなく燼泉が唐突に姿を消したことに尽きる。

いったいどういうことなのだろう。

恵明《けいめい》の隣の席に着いたはいいものの、燼泉の行動は不可解だ。事情も聞かせてもらえなかったと肩を落とす翡水に、藍珪は唇を歪《ゆが》めた。

「淋しいですか」

神経を逆撫でするような皮肉な口調にも、翡水は珍しく素直に同意を示した。

「そうだな。あの方はずっと、私の旅につき合ってくださったから」

「つき合った？」

藍珪は不審げな顔になる。

何においても不器用な翡水は、隠し事はともかく嘘をつくのは苦手だった。鋭い藍珪を前に、最早、誤魔化すことも無理に違いない。

うっかり話してしまった以上は、翡水は観念して真実を口にすることに決めた。

「——会いたい人が、いた。だからここに来たんだ」

「偶然、ここを訪れたのではないのですか」

「……違う」

「では、あの方に落籍されたわけではないのですか？」

重ねて質問されて、どうして藍珪が自分を信じてくれぬのかと、翡水は苛立った。

いや……信じるつもりなど端《はな》からないのだ。互いの過去を考えれば、それも当然だろう。

ならば、彼には何を言っても無駄だ。

それどころか、今の翡水の気持ちを知れば、きっと藍珪は自分を嘲《あざけ》り、更に手酷く傷つけようとするに違いない。それだけは御免だった。

「年季が明けたと……自分で借金を返したと言っただろう」

この話を深追いされることは苦痛で、翡水は煩わしげに早口で言う。

今更、彼との関係に何を期待していたのか。

どのみち、藍珪にとって自分は単なる情欲の捌《は》け口。恨みを晴らす相手でしかないのだ。

翡水の拒絶の気配を察したのか、漸《ようや》く藍珪が黙り込んだ。

李《り》家の食堂は質素だが、明るい陽射しが入り心地がいい。あちこちに上質の家具が置かれ、安らぎに満ちている。店のきびきびとしたにぎやかさとはまるで別で、この館の静謐《せいひつ》は捨て難いものだと翡水は思った。

気づくと、藍珪が険しい顔で自分を見つめている。

己の考えに耽《ふけ》っていたことが急に恥ずかしくなり、翡水は取り繕うように口を開く。

「——それで、燼泉様はいつお戻りになると？」

「さあな」

今度答えたのはそれまで黙していた恵明で、翡水はため息をつきたくなった。

「とにかく、おまえにはここにいてほしいとのことだったぞ、翡水。いいだろう、兄貴」

「預かるのはかまいませんが、ただでここに置くわけにはいきません」

「……また昨日のような真似をしろと？」

翡水の言葉に恵明はぴくりと眉を上げたが、追及するつもりはないようだった。

「まさか。ちょうど忙しいのですよ、我が家は」

藍珪はどこか意地悪く言う。

「昨日お話ししたとおりに、恵明の婚儀が迫っています」

「そうだったな。めでたいことだ」

「大変めでたいのですが、初めてのことで準備に人手も足りません。あなたには、いろいろ手伝っていただきましょうか」

「おい、兄貴」

存外の台詞に、翡水は細い眉を顰《ひそ》める。

「金よりもよほど有り難いだろう？　――家の中のことを手伝ってください」

「私に下人の真似をしろと？」

わずかばかり表情を動かして翡水が問うと、藍珪は「ええ」と涼しい顔で頷く。

……仕方がない。

すぐにここを出ていけと言われても、未練があるのは事実だ。どうせ藍珪に疎まれているのなら、そばにいたいという思いにけりをつけてしまおう。そうすれば、きっと翡水も先に進めるはずだ。

いくら不器用と評されていても、翡水とて多少の下働きはできるつもりだった。


「あの人、今日も頑張るわねえ」

「本当に」

廊下の片隅でひそひそと端女《はしため》たちが囁くのが耳に届き、一人で二階を歩いていた藍珪はふと足を止める。そこからちょうど階下の渡り廊が見え、不器用ながらも柄の長い箒《ほうき》を使ってその場を丁寧に掃き清める翡水の姿が、藍珪の目に飛び込んできた。

端女たちは翡水が鼓《こ》の王子だったということを知らず、桃華郷《とうかきょう》に住んでいたとしか言ってないので、彼を任せるには好都合だった。

嫌がらせのように家事を手伝わせているのに、翡水は文句一つ言わない。

彼はあくまで客人だと恵明は反対したが、翡水自身が「それでここに留まる資格を得られるのであれば」と拒まなかった。

……そんなにも、恵明のことを好きなのか。

下人の真似をしてでも、この家に留まりたいとは。

藍珪は苛立ちとともに、ぎこちなく箒を動かす翡水を階上から睨む。

あれでも彼は誇り高い鼓の王族だ。恵明のためなら、その矜持《きょうじ》すらかなぐり捨てられるというのか。己から男妓を志したくらいなのだから、ろくな自尊心も残っていないのかもしれないが、藍珪を拒む翡水はいつも本気で、言い知れぬ気高さすら漂わせていた。やはり、それだけ自分を疎んじているということか。

ふと、翡水が手を止めて足許に落ちている楓《かえで》の葉を手に取る。箒を片手で持った彼は赤く色づいた葉を、そっと陽に翳《かざ》した。

淋《さび》しげな仕種《しぐさ》だった。

昔から、そうだ。

どこか翠《みどり》がかった不思議な色合いの瞳。彼のその目に映る光は星のように目映《まばゆ》く美しいけれど、藍珪の知る翡水はちっとも幸せそうではなかった。

あの翠玉宮《すいぎょくきゅう》で翡水を初めて見たときも、なんて悲しげな顔をするのかとこちらまで苦しくなった。

彼の笑顔を見たいと、強く願った。笑い声を聞きたかった。

それゆえに、ささやかな会話を積み重ねているうちに、翡水が心を許してわずかに笑むようになったときは嬉しかった。美しいが不器用な翡水が彼なりに自分の訪れを待っていることを知り、職務が楽しくなったものだ。

そもそも藍珪が兵になったのは本妻の子である恵明への遠慮からだが、翡水への憧れも原動力となった。

いや、それが最大の原因だった。

陽都《ようと》での出世の近道は文官よりも武官になることで、地位さえ上がれば何らかのきっかけで王族に近づけるかもしれないと考えていた。幼い頃に恵明と見かけた美しい翡水に、何としてでも近づきたいという、子供じみた目標があったのだ。

だからこそ、翠玉宮の衛兵になれたときは、望外の喜びに天にも昇る心地だった。故国の塤《けん》と匏《ほう》に因縁はあったものの、それすら忘れてしまえた。

あれは、紛れもなく初恋だった。

挙げ句の果て、焦がれ続けた相手に近づける喜びと情熱に突き動かされるままに、藍珪は大罪を犯してしまった。

寵姫《ちょうき》に手を出すなどと、普段は冷静沈着な己には考えられぬ大愚行というもの。だが、あのときはどうしても自分を止められなかったのだ。

翡水が、愛しくて……愛しくて。

今は、その気持ちはどこへ行ってしまったのだろう。

自分にさえも、それはわからない。

翡水を見るたびに胸は疼《うず》き、掻き乱されるばかりで、己の心さえも摑めない。辛く当たっては後悔し、彼が傷ついた顔を見るともう二度と会わないほうがいいとすら思う。

顔をしかめた翡水は一旦自分の手を見やってから、おっかなびっくり再び箒を握る。

たぶん、手に肉刺《まめ》でもできたのだろう。

手当てしろと言わなくては、翡水のことだからそれさえ思いつかぬかもしれない。

そこがまた、彼らしい可愛さだ。

——可愛い、だと？

己のくだらない発想に藍珪は一度ため息をつくと、階段を静かに下りていく。

翡水の後ろ姿が見えてきたので、声をかけようとした刹那《せつな》。

「翡水」

反対側から恵明の声が聞こえて、藍珪ははっと足を止めた。

「さっきから見てりゃ、なんか妙だな。手を見せてみろ」

「恵明様」

隠れるようなことではないが、咄嗟《とっさ》に藍珪は柱の陰に回り込む。

盗み聞きをしているようで気が咎《とが》めたものの、翡水と恵明がどんな会話をするのかを知りたかった。我ながら、ひどく悪趣味だ。

「酷いな、肉刺ができているじゃないか。下男の真似をしろとは……兄貴も人が悪い」

わかっているのだ。

自分が愚かしく狭量で、嫉妬《しっと》深い人間であることくらいは。

今も、彼らがこうして話しているだけで掻き乱される。

一時でも思いを寄せた相手が、ほかの男と――かつて膚《はだ》を重ねた相手と話している、それだけのことで。こういう状況では、可愛い弟すらも一人の男だ。

「いいんです。燼泉様が戻るまで、ここに置いていただいているのですから」

翡水と恵明のやりとりはひどく穏やかで、藍珪は苦痛に心中で呻《うめ》いた。

藍珪が持ちえぬ屈託のない明るさと人懐っこさこそが、翡水を満たし、癒すのではないか。

「そのことなのだが……」

「はい」

燼泉が戻りさえすれば、この生活は終わる。

実のところ、燼泉には藍珪も挨拶をしていない。あの晩、翡水を抱いたあとに泥のように眠ってしまい、目を覚ましたときには彼の姿はなかったからだ。

桃華郷からわざわざ会いにきたのならば、翡水も少しでも長く恵明の元にいたいだろうし、かえって嬉しいに違いない。

どうせ三日後には婚儀だが、恋する者は得てして盲目だ。翡水も例外ではないだろう。

「……いや、何でもない」

恵明はにこやかに笑って、何気ない顔をして翡水の頬を撫でた。

そんなにぞんざいに触れるとは……おまけに、猫の如く目を細める翡水も翡水だ。

「昨日も思ったが、少し、陽に焼けたな」

「それは、醜いですか？」

どこか悲しげな甘えを含んだ声色に、心を掻き乱されそうになる。

翡水だけだ。自分の心を、こんなにも容易く翻弄するのは。

「まさか。でも、ここにいるおまえのほうがずっといい。ずっと綺麗だ。兄貴もきっと、そう思ってるよ」

「よかった」

どうして自分はここから立ち去れないのだろう。彼らのやりとりを見ていても、苦しいだけだというのに。もう、行かなくては。そうでなくては――。

何とか足を動かすことに成功し、踵《きびす》を返した藍珪は、中庭の蔵に向かう。そこに佇《たたず》んで落ち着こうと目を閉じていると、ややあって背後で人の気配がした。

「兄貴」

今、最も会いたくない人物の声に、藍珪は無言で振り向いた。

「ちょっと話があるんだ」

恵明はいつになく真剣な面持ちで、藍珪を見つめている。

「何だ？」

「もう少し、翡水に優しくしてやってくれないか。いろいろあるのはわかってるけど、俺たちだって翡水に酷い真似をしてきた。俺は、それを少しでも償いたいんだ」

「………」

恵明の言葉は、あたかも自分の狭量さを責めているようだった。

「兄貴がこだわるのはわかるが、今のままでは翡水が可哀想だ」

それはそうだろう。恋しい男は翡水に目もくれず、もうすぐ結婚してしまう。代わりに翡水を抱いたのは、因縁のある憎い男なのだから。

「おまえは優しいな」

「そうじゃないよ」

くすりと恵明は笑い、晴れやかに首を振った。

「俺はもう、当事者じゃない。翡水に無体をしたとき、わかったんだ。俺は違うって」

「違う？」

「そうだ。俺はただ、憧れていただけ。翡水の心に近づいたつもりでいたけど、それは表面上のことだった。こんな俺のことを、秀花《しゅうか》はずっと待っててくれた。夢から覚めたときに、あいつと暮らしたいと思った。だから、結婚することにしたんだ」

恵明の顔つきはやけにさばさばとしているが、その真意まではわからない。

「まあ……兄貴は真面目すぎて鈍いからなぁ。抱いてみればすぐにわかるだろ？」

「抱くって……」

「兄貴が、ついあの人に敬語になるのもさ……おっと、この話はまた今度だな」

彼はぽんと藍珪の胸のあたりを叩くと、「頼んだよ、兄貴」とそこから出ていった。


「……疲れた」

褥《しとね》に横たわっていた翡水は、ふうと大きく息を吐き出す。

一応は食客扱いなので休むのは客間だが、仕事の内容は下人と同じだ。それに異論はないものの、旅の疲労も相まって神経は妙に昂《たか》ぶり、このところよく眠れなかった。

不器用だとさんざん言われてきたが、本当にそうだ。箒すら上手く使えないので、あちこちの筋が張ってひどく痛んだ。

「――翡水様」

戸口のあたりから藍珪に声をかけられ、翡水は急いで振り返った。

「な、何用だ」

びくりと心臓が震え、その痛みに翡水は戦《おのの》く。

情けないことだが、やはり自分は藍珪が怖い。その恐怖は、当面消えないだろう。

「果物を持ってきました」

身を起こした翡水は、椅子にかけてあった深衣を羽織る。

日中はこのようなゆったりした衣は身につけないが、荷物の中から取り出しておいたのだ。入り口に佇む藍珪はまだ寝るつもりはなかったようで、動きやすい袍《ほう》を身につけている。

「こんな時刻にか。寝ているかもしれないだろう」

「ここが桃華郷であれば、まだ宵の口でしょう」

口の減らない男を相手にしても仕方がないと、翡水は自ら彼に近づいた。

「どうぞ。あなたが、食欲がないと夕食を摂《と》らなかったので」

「……ああ」

慣れぬ家事に疲れて、食事を摂る気力も出なかったのだ。藍珪が申しつけたこととはいえ、こうして労《ねぎら》われると逆にいたたまれない。

「どうぞ」

掌に濃い黄色の果実を押しつけられ、翡水は困惑しつつもそれを受け取る。球形の物体は鮮やかで美しかったが食べたことがなく、窓辺に向かった翡水は緞帳《どんちょう》を巻き上げてそれを月に翳《かざ》した。

「これは？」

「蜜柑《みかん》ですよ」

「蜜柑、か。私の知っているものとは違うな。こんなに固くはないし……」

「——まさかとは思いますが、皮を剝《む》くことはご存知ですよね？」

「皮を……？」

翡水が球形のものを掌上で転がすと、藍珪が息を吐くのがわかった。

「今までどうしていたんです？」

「下女や秋玉《しゅうぎょく》が、用意してくれた」

「ああ、あなたはとびきり不器用ですから」

拒む間もなく、藍珪がずかずかと部屋に入ってくる。彼が蜜柑を口実に褥に向かうのではないかと翡水は緊張したものの、藍珪はそうしなかった。

「今日はあたたかいですね。月が出ている」

緞帳を上げた窓からは月色が差し込み、やわらかな光があたりを仄《ほの》かに染めている。

何も言わずに藍珪が露台に出たので、翡水も仕方なく後に続く。露台には椅子が二脚置かれていたものの、翡水はそこに座ったことはなかった。毎晩疲れており、のんびり月を眺める気力など出なかったからだ。

一方の椅子に腰を下ろした藍珪は、己の膝の上に蜜柑を数個置く。

「おまえと月を見るのは久しぶりだ」

憎しみをぶつけるために抱かれずに済むという安堵から、翡水の舌は珍しく軽くなった。

「…………」

何気ない翡水の言葉に、ふっと藍珪が黙り込む。訝しんだ翡水は、月を見たのは匏王の後宮にいるときのことだと唐突に思い出した。

いくら何でも、あのときのことを持ち出すのはよくないことに違いない。

「……すまない」

「どうして謝るのです？」

険しい顔で言った彼が腰を浮かせかけたので、その膝から蜜柑が転がり落ちる。

「あっ」

慌てて翡水がそれを取り上げようと膝を折ると、同じように椅子から降りた藍珪もそうした。思いがけず距離が近くなり、勢いで互いの頭がぶつかってしまう。

「！」

こんなに近くに、藍珪がいる……。

久しぶりに間近で見つめ合う羽目になり、翡水は言葉もなく男のそれに視線を絡めた。

いつも思っていた。

藍珪は、吸い込まれそうなほどに美しい瞳の持ち主だと。

深閑とした湖のように底知れぬ、神秘的な……目。

「…………」

引き込まれるように自然に、翡水は彼に更に近づく。

間近で藍珪の吐息を感じた。

唇が重なる寸前に、なおも転がっていた蜜柑がとうとう露台から落ちる。ぱしゃりとそれが池に落ちる音が耳に届き、二人は同時に我に返った。

現実に引き戻され、翡水は思わず藍珪から顔を背ける。

「す、すまぬ、折角持ってきてくれたのに……落としてしまった」

「いえ。……ご自分で剝いたほうがよさそうですね」

椅子の上に蜜柑を置いて立ち上がった藍珪に、翡水は「ありがとう」と声をかける。

藍珪は振り向きもしなかった。


――どうしたんだ、あの人が可愛く思えるなんて。

自室に戻りつつも、藍珪は自分の心臓が震えそうになるのを懸命に堪えていた。

蜜柑を知らないなどと世間知らずもいいところだと毒づくこともできたのだが、そこが翡水らしくて可愛い。

昔から、そうだった。

世間知らずで不器用で、翡水は藍珪のために何かしようとすれば、必ずそれ以上の失敗をした。感情の波は見えづらいものの、彼は彼なりに他者に対する感謝の念を忘れなかった。

そうした一つ一つの点が可愛く思え、藍珪はますます彼に惚れたのだ。

「…………」

思い出し笑いがこみ上げそうになり、藍珪は慌てて己のその心を押し殺した。
あれは、自分にとっては敵《かたき》同然の相手ではないか。
恵明を誑《たぶら》かし、藍珪自身を惑わした憎むべき存在だ。
気を許してはいけない。そうでなくては、またしても、心を奪われてしまう。
だいたい、翡水が思っているのは恵明なのだ。
藍珪ではなく、弟のほうではないか。
そうやって己に言い聞かせるほか、道はなかった。

4

婚儀は粛々と終わり、そのあと開かれた宴もたけなわである。

鮮やかな紅の衣装に身を包んだ花嫁の秀花《しゅうか》は美しく、恵明《けいめい》とは似合いの女性だった。

彼らの幸福そうな姿に、翡水《ひすい》は素直にこの婚姻を祝福できた。

しかし、末席とはいえ翡水のような容姿の者がいれば自然と目立ち、人々にこれ見よがしに噂をされるのは目に見えている。恵明に乞われたとはいえ、婚礼にまで顔を出したのは失敗だったと、翡水は反省する。自分の存在が恵明に悪評をもたらすのではないかと思うと、宴を楽しむような気分にはなれなかった。

燼泉《じんせん》はいったいいつになったら、翡水を迎えにきてくれるのだろう。

藍珪《らんけい》の風当たりは少しばかり和《やわ》らいだものの、翡水はやはり彼が怖くてならなかった。この恐怖心は、どれだけ近くにいても克服されぬものなのかもしれない。

宴が終わったのに安堵《あんど》した翡水は、華やいだ衫《さん》に身を包んだまま庭に向かう。幸い庭に人影はなく、母屋の方角がまだ騒がしい。

やっと一人になれた。

静やかな池に落ちているのは月影ではなく、金色の蜜柑《みかん》だ。このあいだ藍珪が落としたものだと知れ、無性に胸が苦しくなってくる。

「………」

今宵は満月。

月を見上げていると自然と涙が滲《にじ》み、翡水はそれを手の甲で拭《ぬぐ》う。

どうして泣きたくなるのか、それすらわからない。

こういうときに燼泉がいれば、翡水を優しく慰めてくれるのに。いつになったら彼にまた会えるのか、あたかも捨てられてしまったようで心細かった。

かさりと背後で物音がし、翡水はゆったりと背後に視線を投げる。そこに立っていたのは、黒に近い濃い藍色の衣装を身につけた藍珪だった。

「……藍珪」

藍珪は酔っているのか、頬が微かに赤い。

「漸《よう》く終わりましたね。つつがなく済んでほっとしました」

藍珪がこうして穏やかに翡水に話しかけるのは珍しいことで、わけもなく安心する。このあいだ蜜柑を持ってきてくれたものの、翌日はまたいつものように素っ気ない藍珪に戻っていたからだ。

その代わりに手酷く抱かれることもなくなったが、それが……淋しいとは。あまりの浅ましさに、我ながら情けなくなる。

「ああ、素晴らしい宴だった」

「淋しいですか」

「そう、だな」

まるで今の不純な思いを読み取られたようだと狼狽《うろた》えつつ、翡水は曖昧《あいまい》に言葉を濁す。淋しいと思えるのは、この李《り》家において自分が一人だと実感するからだ。

藍珪には憎まれており、恵明の心は自分にはないからこそ。

その答えを聞いた藍珪は、俄《にわか》に不機嫌になった。

「桃華郷《とうかきょう》にいれば、落ち着いた頃に恵明もまた通ったかもしれませんよ」

そんなことは誰よりも藍珪が望んでいないくせに、意地悪なことを言うものだ。

「それはないだろう。――いずれにせよ、素晴らしい宴だった。そなたは本当に弟を思っているのだな」

翡水の言葉に、藍珪はぴくりと表情を強張らせる。

「ええ。恵明は自分の弟ながら、度量の広い、いい男です。私とはまるで違う」

「…………」

どこか棘のある答えに、彼の機嫌をますます損ねたのだと翡水は悟る。

しかし、どうすればそれを宥《なだ》められるのか、方策が見えてこない。

「三年前に恵明は、匏王《ほうおう》に追われた私を何も言わずに受け容れてくれた。父は当初こそ怒っていましたが、それも取りなしてくれました。私は恵明の幸せを祈っています」

藍珪がそうまで弟を大事にする理由は、そこにあるのだ。そもそも、彼の失敗の原因を作ったのが自分自身だと、翡水には痛いほどわかっていた。

「昔の馴染みが結婚するのはどういう気分ですか」

「恵明様には幸せになってほしい。だから、今日は安心した」

それは、翡水の心からの答えだった。

夜の庭は人気《ひとけ》がなく、虫の音だけが頼りなくあたりに満ちる。

「恵明にもう、未練はないのですか？」

「ない」

今にして思えば、彼は親しい友人のようなものだ。

「――なるほど」

軽く首を振ることで何を断ち切ったのか、藍珪は微笑した。

「あなたにとっては男と寝ることなど、その程度というわけか。つくづく、恵明には手を切るよう勧めて正解でした」

「…………」

「あなたのような男には、人の気持ちなどわかるわけがない。あなたは自分だけが好きなんだ」

話の雲行きが、予期せぬ方向に流れていく。

「目を潰《つぶ》されることを……自分の顔を惜しんで、桃華郷に売られることを選ぶ男など！」

低い唸《うな》りの如き声に、翡水は弾かれたように顔を上げた。

「あれは！」

あまりのことに、翡水はかっとなり、思わず握り拳を作った。

違う。そういうわけではなかった。

藍珪の勢いに押され、封じていたはずの過去が怒濤《どとう》のように甦《よみがえ》ってくる。

あのときの自分の思いなど、知らないくせに。

酷い。あまりにも惨すぎる思い込みだった。

自分にとって大切なものはいつも、いつもこの胸にあった。引き替えに何を差し出せるか、問われればすぐに答えられるほどに。

なのに、彼はそう思っていたのか。

藍珪はずっと……そう信じていたのか！

聞かれないから、翡水は答えをずっと己の胸に隠してきたのだ。

「何ですか？」

「そなたが……」

しかし、己の真情を口にするのはあまりにも惨《みじ》めだ。

自分は藍珪にとって、ただの肉。

傷つけ、切り裂くための道具でしかない。

そんな男に己の思いを明かしたところで、いったい何になる？

彼が自分の心を切り刻む手段を、増やしてやるだけではないか。

答えることを能《あた》わずに翡水が口ごもるのを見て、藍珪がむっとしたように翡水を睨んだ。

「つまり、私のせいにするのですか。つくづくさもしい人だ」

胸を——掻き毟《むし》られるようだった。

それ以上言えばあの涼やかで美しい記憶が穢《けが》されそうで、翡水はなおのこと頑《かたく》なに口を噤《つぐ》む。

「言い訳もしないのは、図星だからでしょう？　いずれにしても、どうせ、明日には出ていってもらいます。あなたを恵明にこれ以上近づけない」

「そうか。——ならば、大事にしろ」

漸《ようや》く、掠れた声でそれだけを言い捨てることができた。

「…………」

翡水の返答に、藍珪が一瞬、不思議そうな顔をする。

「何だ」

「いえ、前にもこんな話を…」

それを遮ったのは、母屋から藍珪を呼ぶ恵明の明るい声だった。

「兄貴！　兄貴！」

「失礼」

はっとした藍珪は身を翻し、翡水を一顧だにせずに館に向けて歩きだす。

――さもしい、か。

藍珪の目には、自分はそう映っている。男の精を啜《すす》る醜怪な化け物に見えるのも、無理はなかった。

かつて藍珪は自分の容姿を褒めてくれたが、それは最早昔日の思い出であり、今の感想ではない。

藍珪はこれから先も、蔑《さげす》みの籠《こ》もった瞳で翡水を見つめ続けるのだろう。

彼の前に自分が立つ限りは、永久に。

「……ふ……」

虚無感から、乾いた笑いがこみ上げてくる。

無理だ。

そういう目で見られることは、耐《た》えられない。自分には無理だ……。

翡水は小さく首を振る。

胸を浸すのは、とめどない悲しみだった。

なんだ、心くらいあるじゃないか。ないと思っていたのに、きちんとあったのか——。

今更そんなことに気づいても、遅い。

こんな思いをするくらいなら、もう、孤独でもかまわない。いや、孤独がいい。一人がいい。

ほかでもない藍珪に心を引き千切られることは、最早耐えられなかった。


宴はつつがなく終わり、新郎と新婦は紅閨《こうけい》へと向かう。客たちはだらしなく酔い潰れており、藍珪は彼らを介抱しなくてはならなかった。

おかげで皆を寝かせた頃には、夜明け前も近かった。

疲れているというのに、昂奮しているせいだろうか。藍珪は寝つくことができなかった。

今夜、翡水はあまり元気がなかった。

あんな翡水を見るのは、初めてかもしれない。

恵明が妻を娶るのだから当然だろうと思っていたのだが、翡水はそこまで恵明を好きというわけでもないようだった。未練はないといいたげな、さばさばした様子だったからだ。

まんじりともせずに、藍珪は褥《しとね》の中で寝返りを打つ。

どうせなら、もう一度笑ったところを見てみたかった。翡水の表情ならすべて記憶にあるが、頭の中にある笑顔だけでは物足りない。

そう……何もかも、覚えている。

翡水と詩を口ずさんだときのこと、一緒に星を見たときのこと、初めてくちづけたときのこと……抱いたときのこと。

この人は自分を好きなのかもしれないと勝手に誤解したのは、共に星を見たときだ。

『あなたの瞳は綺麗ですね。まるで、宵空に散る星のようだ』

勇気を出して告げたときの、翡水のはにかんだような顔を今でも思い出せる。

だから、この町に戻ってから彼が目を潰さないでくれと言ったと聞いて、複雑な怒りが胸を灼《や》いた。

星の如き美しい瞳が残るのは幸いだが、我が身の貞潔を引き替えにし、自尊心を踏みにじられることとの対価になるのだろうか、と。

ここで暮らすうちにその怒りを苦労して忘れたのに、再会により再燃してしまった。

結局、翡水は藍珪を好きでも何でもなかったと悟ったからだ。

翡水が自分に躰を与えたのも、特別なことではなかったに違いない。

貞潔を守っていたことすら、匏王の命令にすぎなかったのだろう。

美しい瞳と己の純潔のどちらが大切かを天秤《てんびん》にかける翡水の心理は、やはり自分には計り知れない。

以前もその目を大事にしろと命じたほどだから、相当自慢なのだろう。

「………」

藍珪は、寝たまま苦く口許を綻ばせる。

——ならば大事にしろ。

そうだ。

先ほどの会話で引っかかったのは、彼の言葉がいつぞやの翡水の返答と同じだったからだ。

それを糸口に、あのときの情景がまざまざと浮かび上がってきた。

翡水に呼ばれて、あの日はともに詩を口ずさんだ。初めてくちづけを交わし、藍珪らしからぬ情熱で彼の瞳の美しさを褒めたものだ。

——それは嬉しいと受け取ってもいいのですか？

——嬉しい？　ああ、そうだな……たぶん、嬉しいんだ。

はにかんだような翡水の顔を、そこで初めて見たのだ。

——嬉しい、藍珪。

嬉しい、と初めて翡水は言った。耳まで桜色に染めて。

たかだか褒め言葉一つで喜ぶ翡水の思いがけない純粋さに打たれ、藍珪はますます彼に惹《ひ》かれていった。

翡水は可愛かった。

華やかな美貌とは裏腹に、素朴で純粋で口べたで、感情表現が不得手で。おまけに不器用ときているから、たとえば藍珪のためにお茶を淹《い》れようとして、やけどをしたこともあった。

だけど、あのときの翡水はもうどこにもいない。変わらないのは瞳の輝きだけだ。

孤高の星のように美しい、藍珪が愛したあの瞳だけ。

「…………」

……まさか。

唐突に一つの考えが閃《ひらめ》き、藍珪は思わず闇の中で目を見開いた。

彼が目を潰さないでほしいと言ったのは……かつて藍珪が褒めたからではないか？

いや、まさか！　あり得ない。そんなわけが、ない。

あまりにも愚かしい妄想だ。

でも、それならば辻褄《つじつま》が合う気がした。

彼がわざわざここに来た理由も、恵明の婚姻を素直に祝福している態度も。

そうではない。翡水はあの後宮を出たくて、自分を利用したのだ。

そのせいで自分は翡水を恨み、日々一度も忘れたことなどなかった。

せめぎ合う二つの感情に苛《さいな》まれ、藍珪は低く呻《うめ》く。

「――嘘だ……」

違う、違う――忘れられなかったのは……愛していたからだ。

本当は、愛しくてたまらなかったのだ。

どんなに離れても、彼と逃げることができなかったとしても。

恵明の指摘したとおり、翡水に対してつい敬語になってしまうのは、あのときと気持ちがまるで変わらない証だった。

自室の窓にかけてあった緞帳《どんちょう》を捲《めく》ると、朝陽が目に突き刺さるほどに眩《まぶ》しい。藍珪はいても立ってもいられずに、着替えて翡水の元へ向かうことにした。

翡水の居室は、しんと静まり返っている。

「翡水様」

返答はなかった。

「翡水様、開けますよ」

たかだか二度呼ばわっただけで戸を開けるのは我ながら短気だが、気がせいてたまらないと、藍珪は戸を開け放った。室内はまだ暗くよく見えないため、無遠慮に入り込む。

寝台は蛻《もぬけ》の殻だった。

「翡水様？」

慌てて駆け寄って寝台を探ると、冷たい。翡水はここでは寝なかったのではないか。

急いで緞帳を捲ると、枕元には金の入った袋と書き置きがあった。——出ていったのだ。

『相憶《おも》いて　相忘る莫《な》かれ』

謝辞の最後に添えられていたのは、あのとき二人で口ずさんだ詩の一文だった。それが決め手だった。

翡水の気持ちを確信し、藍珪は客間から飛び出した。

もしかしたら、この詩が彼の思いの最後の一欠片かもしれない。あったはずの思いは、砕けて消えてしまったかもしれない。それを、確かめたいのだ。

外に走りだすと、町の家々の戸は閉まっており、人々が活動し始める気配はない。

この季節では朝は遅いし、寝床が冷えていても翡水が出発した時間はそう早くはないはずだ。

翡水は鼓《こ》へ向かう途中だと言っていたから、方角はわかっている。

追いかける理由は、ただ一つしかない。

藍珪自身にも、最早誤魔化すことなどできぬ思いに突き動かされているせいだ。

恨みなどでは、ない。

翡水に対する絶え間ない苛立ちは嫉妬心から来ているもので、彼を見るたびに心が疼《うず》くのは、未《いま》だに恋情に苛まれているからなのだと。

好きだった、ずっと。

美しくも囚《とら》われたままの翡水が。気の利いた会話もできず、淋しげな瞳をしていて、でも、本当は不器用でそこがとびきり可愛らしい翡水が。

だから、許せなかったのだ。

彼が躰を売ることも、恵明に膚を許したことも、何もかも……すべて。

………馬鹿だ。自分は、大馬鹿者だ。もっと早く気づいていれば、翡水をあそこまで傷つけたりしなかったのに。

か弱い翡水の足ならば、そう遠くに行くことはできまい。絶対に追いつけるはずだった。

歩を進めながら藍珪は、翡水と初めて膚を重ねたときのことを思い出していた。

翠玉宮《すいぎょくきゅう》の朝は、遅い。普段は朝寝坊の翡水に合わせているためだ。

しかし、その日は違った。

夜明けまでのほんのわずかな時間を逢瀬に使い、藍珪は初めて翡水に触れたのだ。

「藍珪……藍珪……」

吐息が揺れ、自分の下では翡水が身をくねらせている。女を抱いたことはあっても男は初めてで、上手くいくかわからなかった。おまけに衛兵の交替時間を狙っての訪れで、初めてだというのに性急に彼を抱くほかなかった。

だが、くちづけたあとに荒々しく彼を組み敷いてしまえば、もう、止まらない。翡水の躰はどこもかしこも壊れ物のように繊細で、ういういしい硬さが残る。藍珪に縋りついてもいいのかと迷っているようだったので、首に腕を回すように伝えると、必死でしがみついてきた。その落差が、とても可愛かった。

「痛い……」

狭い秘所に藍珪を埋《うず》められて、翡水が呻くように言う。

「怖いですか？」

「ううん、藍珪…あっ……あ、……」

そっとしようと思ったのに、我慢できずについ力強く突き上げてしまう。翡水は押し殺した声を上げながら藍珪の腰に足を絡め、何度も喘いだ。

「翡水様……」

翡水の中に熱情を放ち、藍珪はぐったりと力を抜く。

手折ってはいけない禁忌の花に触れ、その馨《かぐわ》しさを味わってしまった。

はっと現実に立ち返った藍珪は蒼白《そうはく》になり、褥に横たわる翡水を見下ろす。

「——翡水様……申し訳ありません」

「なぜ謝る？」

「それは、私があなたに触れてしまったからです」

自分の仕える匏王が貞潔を大事に守らせるほどの寵《ちょう》を受ける、側室なのだ。彼に手出しをしたことが知れれば、二人とも無事ではいられまい。

「私はそなたに触れられて、よかったと思う」

「翡水様……」

「ここが、あたたかい」

自分の心臓のあたりに触れる翡水に喜びがこみ上げ、藍珪は彼の肢体を抱き締めた。

「痛かったけれど、おまえでよかった」

そんな可愛らしいことを言われたら、もっと欲しくなってしまう。欲しくて欲しくて、手放せなくなる。

「どうしたらあなたと、共にいられますか」

迸《ほとばし》る想いのままに、真剣な声が漏れた。

「藍珪……」

「あなたのその美しい瞳を愛しています。でも、あなたは王の寵姫だ」

藍珪は悔しげに告げる。どんなに愛しいと思ったとしても、翡水は他の男のものなのだ。

「ならば、攫《さら》ってはくれぬか」

翡水は子供のように無邪気にねだった。

「私を攫ってくれ、藍珪。そうすればこの目はおまえのものだ」

「――翡翠様……」

「私が欲しくはないか？」

翡翠の言葉に抗《あらが》えずに、藍珪は「欲しいです」と頷き、彼の華奢な手を握り締める。

あなたの目だけを好きなわけではありません、と。

そのときの藍珪には、照れてしまって口に出せなかった。

けれども、言うべきだったのではないか。言えば何かが変わったのかもしれない。

翡翠は桃華郷になど身を落とさずに済んだのではないか。

――今となっては、思い出しても詮無きことだ。

町を出て暫く歩くと、今度は山道にさしかかる。

どんな思いで、翡翠は塤《けん》に来たのだろう。桃華郷に売られるときさえも輿《こし》でやって来たと噂になったほどに気位の高い男が、燼泉と二人で徒歩と馬でやって来たのだ。

おそらくは、ただ、藍珪に会うために。

「…………」

木漏れ日が落ちる山道を急ぎ足で歩いていた藍珪は、道ばたに無造作に袋が転がっているのに気づいた。

見覚えのあるそれは、最初の日に翡翠が持っていたものだ。

「……翡翠様！」

慌てて山道から下を覗くと、大人の背丈ほど離れた斜面に翡水がうずくまっている。

「藍珪……？」

道が切れているのが見えずに、転落したのだろう。枝に引っかけて破れたのか衣は裂けており、顔を上げた翡水は泥まみれで、とにかく酷い有様だった。

「上がれますか」

「――どうして、来た」

怪我をして動けないだろうに、あくまで翡水らしい気の強い物言いに、自然と笑みがこみ上げてくる。それもこれも、彼が口の利き方を知らぬだけだとわかっていたためだ。

「あなたを好きだからです。それを伝えたかった」

「な……」

驚いたように目を瞠《みは》るその表情は、初めて見るものだ。

なんて、可愛いのだろう……。

もっと、知りたい。

翡水がどんな顔をするのか、どんな反応をするのか。どろどろに甘やかして優しくしたら、どんなに照れるのか。

余すことなく、すべてを知りたい。翡水を手に入れたい。

今ならばきっと、彼に正直に向き合える。その確信が、藍珪にはあった。

「聞こえませんでしたか？　好きです、翡水様。だから追いかけてきました」

「…………」

怒っているのかと思ったが、そうではない。よくよく見れば、答えることも能《あた》わぬ様子で翡水は耳まで赤くなって俯いているのだ。

その可愛らしさに気づいた途端、藍珪も照れてしまいそうになる。

「いろいろあなたとは話したいことがある。だから、手を」

立ち上がって手を伸ばしてくれれば、彼を救えるから。

「私は……」

「私を好きになってほしいとは言いません」

翡水の無言の躊躇《ためら》いが、藍珪の心を抉《えぐ》る。

どうか、この手を摑んでほしい。頼むから。

仮に愛情が消えてしまったというのならば、過ちを償うことだけでも許してほしい。

「翡水」

何度目かの催促の末に藍珪がつい呼び捨てにすると、根負けしたのか、漸く翡水が動いた。

「——手を、貸せ」

「はい」

翡水が手を伸ばし、藍珪のそれに重ねる。翡水が体温に驚いて逃げてしまうより先に、その手を両手で掴んだ。

「行きますよ」

「ああ」

斜面に足をかけた彼の腕を、全力で引き上げると、合わせて翡水が斜面を登ってきた。

三歩、四歩……。

倒れ込むようにして、翡水が藍珪に覆い被《かぶ》さってくる。密着していたのはほんの一瞬で、彼は急いで藍珪から躰を離し、地面に腰を下ろした。

「足が痛い」

「どちらですか？　ああ、腫《は》れています。足を捻《ひね》ったようですね」

翡水は今度は山道にうずくまり、「ああ」と困惑顔で頷く。

引き寄せられるように、藍珪は彼のこめかみに触れる。

「何だ？」

泥まみれの姿だというのに、翡水の美貌は輝かんばかりに麗しい。

そのくせ、上手く結わえられていない髪はぐちゃぐちゃで、その対照がおかしかった。

「足を、見せてください」

「放っておけ」

翡水の命令を聞くつもりは、これっぽっちもない。

「嫌です」

「おまえにこれ以上の貸しは作れぬ。さっさと帰れ」

翡水は襟《えり》をかき合わせ、乱れた髪のままで命じる。その頬や鼻の頭にも泥がついていたが、それもまたひどく素朴で可愛らしく見えた。

「なぜ逃げたのですか」

「逃げたのではない！」

「燼泉殿が帰るのを待つ約束ではなかったのですか？」

燼泉の名を出された翡水は、一瞬、答えづらそうに黙り込む。

「私は……嫌だ。そなたに蔑まれるのも、さもしいと思われるのも……もうたくさんだ」

途端に、翡水の目が、涙で潤む。

星空が翳《かげ》ってしまうと、藍珪は慌てて己の服の袖でそれを拭った。

だめだ。翡水の涙を見れば、胸が痛くなる。彼に対して優しくしたいという気持ちを、自分はずっと我慢していた。だから、素直に翡水に接する恵明が羨ましく、あんなにも妬いたのだ。

「綺麗です」

感に堪《た》えず、藍珪の唇から感嘆の声が零れ落ちた。

「何？」

「泣かないでほしいのに……綺麗だ」

「え？」

「あなたの、目ですよ。いつも思っていました。まるで夜空の星のようだと」

そう思っていたからこそ、仕えるべき主君に背くことも辞さぬ覚悟で、彼を攫いたかった。

「――私はおまえが怖い」

目を伏せた翡水が呟く。

それは三人での行為を強要したり、酷い目に遭わせたりしたせいだろうか。

己の犯した過ちに、苦い後悔が藍珪の胸中に押し寄せてくる。

「王にも言ったとおり、おまえのことがずっと怖かった。だから、おまえが……」

「ずっと？　それは方便でないのですか？　いったい、いつから？」

少なくとも、兵士として仕えているあいだは、藍珪は翡水に優しく接していたつもりだ。

「最初からだ。だから、あのときも王に聞かれて……おまえが怖かったと言った。王はおまえが私を脅したと思い込んでいた。そのせいで、私は死罪にはならなかったのだ」

藍珪もまた死罪にならなかったのは、翡水が王に媚《こ》びたせいだと思っていた。おそらく、翡水のその答えが藍珪のことをも救ったのだろう。

「初めて会ったときから、おまえのことばかり考えてしまって、私は変になりそうだった。だから、いい機会だと忘れようと決めた……」

思わず頬が緩みそうになり、藍珪は表情を引き締めた。

彼にはそれとわかっていなくとも、それは翡水なりの最大限の告白なのだ。

「怖いのは、好きだからですよ」

「好き……？」

「私を好きになればあなたは変わってしまう。だから恐れたのでしょう？」

だめ押しのように言ってやると、翡水は困ったように俯いてしまう。その華奢なうなじの線に誘われるままに、藍珪は彼の髪に唇を押しつけた。

彼の沈黙が、待ち望んでいた返答であることを藍珪は知っている。

「それなら、怖いのにどうしてここに残っていたんです？」

「おまえのそばにいたかったからだ」

「だから、さっき言ったとおりにあなたが私を好きだからですよ」

「……なぜ、私の気持ちがわかる」

強がっているわけではなく、純粋に不思議なのだという目で、翡水は小首を傾《かし》げる。

そう、これが翡水だ。

美しいくせに少しだけずれていて、不器用で、とても可愛らしい。

藍珪のためだけに己の目を守ろうとした翡水は、なんて健気《けなげ》で一途《いちず》なのだろう……？

「先ほども申し上げたはずです。あなたを、好きだからです」

藍珪はまたも繰り返すと、そっと躰を傾けて翡水の瞳を覗き込んだ。

「好きです」

藍珪を見つめていた翡水が、声もなく耳まで赤くなる。色づく花のような可憐な様子に、藍珪は目を細めた。

「……それが理由なのか」

困惑しきった様子で、翡水は眉を顰めた。

「え？」

「先ほどから、こんなに私の頬が熱いのは」

「ええ。私と想いが通じ合って、嬉しいからですよ」

わかりませんか、と多少意地悪く聞くと、翡水はゆっくりと頭《かぶり》を振った。

「わからない……」

「これで、わかりますか？」

そのままやわらかな草地に彼を押し倒し、唇を触れ合わせる。まだ答えを聞かないのに我ながら性急だと思ったが、我慢が利かなかった。

翡水の桜色の唇を、舌先で辿《など》る。

「ッ」

「どうしましたか？」

途端に竦み上がる翡水に、藍珪はどきりとして身を離す。

「くすぐったい……変な感じだ」

「くちづけは？」

「久しぶりだ……昔のおまえとしか、していなかったから」

翡水らしい答えに、笑まずにはいられない。

唇ごと食べてしまいたいほどに、可愛い返答だった。

「翡水」

軽く口を開けて、翡水の薄い上下の唇を一度に含んで吸う。

「口を、開けて」

翡水が素直に従ったので、藍珪は歯列の狭間から舌を捻《ね》じ込ませた。

「ンん……」

熱い舌を引き出し、ぬめった器官の尖端《せんたん》と尖端を擦《こす》り合わせると、翡水はくぐもった声を漏らして藍珪の背中を引っ掻いた。

まるで、蜜だ。口腔さえも甘やかに感じられてしまう。

「……藍珪……」

囁く翡水の声が、鼓膜をせつなく擽《くすぐ》った。

「気持ちがいいですか？」

「ん……すごく……」

とろりと甘い返事に、藍珪は相好《そうごう》を崩した。

「もっとして」

藍珪はその言葉に応じて、もう一度唇を押しつける。

「ん、んっ……んー……」

たまらないとでも言いたげに身を捩《よじ》る翡水の初心《うぶ》な媚態は、おそらく無意識のものだろう。

彼の指ががりりと地面を引っ掻いたので、藍珪は慌ててその手を自分の背中に導いた。

長い接吻《せっぷん》のあとに唇を離すと、つうっと互いの口のあいだで唾液が糸を引く。

「や……」

「私を、好きですか？」

やめないで、と翡水がか細い声でねだる。

囁くように問うてやると、翡水が無言でこくりと頷いた。

「私も、好きです。あなたが好きだ……」

もう、離さない。

絶対に、離したくない。

この可愛くも美しい人を。

5

「遅かったな、兄貴」

翡水《ひすい》が藍珪《らんけい》に連れられて李《り》家に戻ったときは、既に昼近かった。藍珪が抱いたまま戻るというのでそれはさすがに恥ずかしいと抗《あらが》ったものの、力では敵《かな》わなかった。おかげで町の人人に見られてしまったというのに、妙に機嫌のいい藍珪はお構いなしだ。

「すまぬ、恵明《けいめい》。翡水様を連れ戻してきた」

「わかっている。そんなことだろうと思ったよ」

居間で待っていた恵明は呵々《かか》と笑い、翡水を肩に担いだままの藍珪を抱き寄せる。そして、兄の背中をばしばしと力強く叩いた。いかにも彼らしい、あけすけな感情表現だった。

「翡水、湯を使うといい。すっかり汚れているぞ」

途中で藍珪が薬草が生えているのを見つけて塗ってくれたので、足の腫《は》れはだいぶ引いていた。ゆっくりであれば、歩くこともできる。

「それから、二人のために寝所も整えておいた」

恵明がしれっと付け加えたので、翡水は首を傾げる。

「どういうことだ？」

問うたのは、藍珪のほうが早かった。

「一緒に戻ってきたということは、二人は思いを確かめたのだろう？」

「恵明様！」

その名を呼んでしまうと、恵明がおかしげに腹を抱えて笑った。

いったいどういうことなのか。

「兄貴がおまえを忘れていないのを知っていたから、どんな相手なのかと見にいったんだ」

「…………」

「兄貴も、俺がおまえを手に入れれば諦めてくれるかもしれないと、ずるいことを考えた。でも、おまえは俺じゃなくて、兄貴に抱かれるときのほうが感じてた。そのくせ、兄貴に乱暴にされるとすごく嫌がった。当たり前だよな……好きな相手に酷くされるのは辛かったろう？　ごめんな、あのときは」

いくら三人しかいないとはいえ、端的な言葉に、翡水は凝然とその場に立ち尽くす。

「身を引いたのは、そのせいだよ。勿論、秀花《しゅうか》を好きだってことが一番の理由だけどな」

悪戯っぽく言った恵明は、言葉もなく黙り込む翡水の髪を優しく撫でた。

「婚儀が済んで落ち着いたら、兄貴には桃華郷《とうかきょう》へ行って翡水を身請けするよう勧めるつもりだった。こうなったのは、何もかも燼泉《じんせん》殿のおかげだな」

「燼泉様の？」

翡水は目を丸くする。

「燼泉様は何をおっしゃったのですか？」

「この二人は上手くいくから、見守ってやれば近いうちに二組の夫婦《めおと》になると、な」

「では、まさか……」

「そう、燼泉様はおまえを置いて楽《がく》にお帰りになったんだ」

いつまで経っても迎えに来ないので、おかしいとは思っていた。

しかし、恵明も片棒を担いでいたとは。

「今日は本当によい日だ」

にこやかに笑う恵明の顔は、すがすがしく晴れやかだった。

「おまえは桃華郷で愛を知ったのだと、燼泉様が言っていた。誰にも落ちぬ孤高の星が落ちたのは……愛のせいだと」

恵明の声が、穏やかな優しさを帯びる。

「人形のように澄ましたおまえも綺麗だが、今のおまえはもっといい。俺は、兄貴もおまえも好きだ。二人の思いが通じたのであれば、それほど喜ばしいことはない」

「恵明様……」

掠れた声で呟く翡水の頬をそっと撫で、恵明は微笑んだ。

「恵明と呼べ、翡水」

「翡水に気安く触れるな。おまえでも怒るぞ」

藍珪はそう言うと、翡水の躰を胸に引き込む。

「兄貴がこんなに心が狭いとは、知らなかったよ」

恵明は快活に笑い、翡水を見下ろした。

「兄貴のことが好きだろう？」

「……うん」

翡水は頷く。

やっとわかった。

これが好き、という気持ちなのだ。愛というものなのだ。

好きだ。好き、好きで……すごく好き。好き。

藍珪のことがたまらなく好きだ。

こうして抱かれているだけで、膚《はだ》が蕩《とろ》けそうになる。衣なんて、邪魔でならなかった。

すぐにでも熱と熱を重ねたくて、気持ちばかりが逸《はや》って仕方がない。

こんな気持ちになるのは、生まれて初めてだ。

初めて藍珪と寝たときは、自分の思いの意味にさえ気づかなかったから。

「宴はあとにするから、まずは二人で楽しまれるがいい」

にやりと笑う恵明に、翡水はもう何も言えなくなって俯いた。


湯浴みをしたあとに使用人に案内されて寝所へ向かった翡水は、花で埋められた寝台に凝然とした。

遅れてやってきた藍珪も、部屋に入るなり「これは」と呟く。

「藍珪、これは……そなたの趣味か？」

「そんなわけがないでしょう、翡水様」

むっつりとした藍珪もまた、極めて居心地が悪そうだ。

紅閨《こうけい》に相応しく整えられた褥《しとね》は艶やかで、昨晩はきっと恵明たちの牀榻《しょうとう》も斯様《かよう》に飾られたに違いない。

「翡水、だ」

「呼び捨てでもよいのですか？」

「かまわぬ。私は……」

何か気の利いた男妓らしいことを言おうと思ったのに、言葉が出てこない。口ごもる翡水を、藍珪はぐいと抱き寄せた。

「翡水」

唇を、唐突に塞《ふさ》がれる。

「やめ……」

咄嗟《とっさ》に彼を押し退けようと、翡水は頰を染めて藍珪の顔に手をやった。

「どうして」

「だめ……蕩《と》ける……」

触れたところから、蕩けてしまうかもしれない。そこに神経が集まって過敏になり、藍珪の吐息にさえも壊れてしまいそうになる。

「可愛いことをおっしゃる」

「敬語もよせ」

「それは慣れるまで、やめられないかもしれません。許してください、翡水」

「…………」

「敬語の私は嫌いですか？」

その言葉に、押さえきれなくなった翡水は唇を震わせる。

「……好きだ」

ささやかな声で紡いだ呟きを聞き咎《とが》め、藍珪は嬉しそうな表情になった。

「よかった。——やっと言ってくれましたね」

「二度目だ」

「恵明に聞かれたとき同意しましたが、実際に言うのは初めてです」

一転して、今度はどことなく拗《す》ねた口ぶりだった。

「嫌なのか」

「嬉しいですよ」

またも唇を啄《ついば》まれ、翡水はますます頬を赤らめた。丁重に深衣を剝《は》がれ、白地に更に白い刺繡《ししゅう》をした上品な絹の薄衣《うすぎぬ》の上から、躰の線を掌でなぞられる。

「藍珪……？」

藍珪のあたたかな掌は、汗で少し湿っていた。

その感触が移動するのが、薄衣越しにつぶさにわかる。

脱がせてはくれないのか。それとも、自分で脱いだほうがいいのだろうか。

どうすればいいのか、迷ってしまう。男妓としての心得など、無意味だった。

戸惑う翡水を熱っぽく見下ろし、藍珪が至近で囁いた。

「初めてのときを、覚えていますか？」

「ああ……王がいつ来るかわからなくて、急いでいた……」

あのときは痛くて痛くてたまらなかったのに、なのに途方もなく嬉しかった。幸福だった。

――こうしたいんです、翡水様。申し訳ありません。

——いいから、してみろ……教えろ、藍珪。

「あなたと寝たのはあのときだけですが、そのあとも、ずっと反芻《はんすう》していました。あなたの肉体とその反応を」

呟くように、藍珪は堂々と言ってのける。

「あなたの膚の色、鎖骨のかたち……胸、膚の艶……全部です」

「おまえは変だ……」

「そう、あなたに狂っていた」

しれっと言われると、単なる睦言《むつごと》だとわかっていても頬がかあっと熱くなってきた。

「そ、想像だけでよかったのか」

「いいえ。我慢ができないから、私は……攫ってほしいというあなたの誘いに乗った。わかっていてあなたに落ちたのだから、自業自得です」

苦い悔恨を込めて、藍珪は呟く。

「今も、覚えていたい。あなたの代わりにこの目を失っても、あなたのことを全部……」

熱っぽく告白されれば、ぞくぞくとしたものが躰を走り抜けていく。

「あっ」

布の上から右の乳輪にくちづけられて、もどかしくなった翡水は首を振った。

「何ですか？」

「そこ、じゃない……もっと、左だ」

「失礼しました」

喉を鳴らして笑った藍珪が、今度は布の上からかりっと乳首に歯を立てる。

「ッ」

淡いが遠慮のない刺激に、無防備な躰が仰《の》け反《ぞ》った。薄衣の上から執拗《しつよう》に躰のかたちを弄られて、翡水の頬は熱くなるばかりだ。

「おまえ、焦《じ》らしてるのか……」

「心おきなく味わっているところです」

あなたの躰の隅々まで、と藍珪が平然と答える。

自分の肉体をさまざまな道具で味わう者は多かったが、藍珪の仕打ちは彼らの行為と同じ……いや、それ以上にいやらしいと思う。

「く…っ、…もう……」

「もう、何ですか？」

布の擦れる摩擦で膚が熱くなり、しっとりと汗ばんだ皮膚に薄衣が張り付く。早く直《じか》に触れてほしいのに触れてもらえずに、もどかしさに感覚ばかり過敏になる。

薄衣が白いせいで、ぷっくりと腫れた乳輪が赤く布越しに浮かび上がっていた。

「尖ってますね」

「ん……」

恥ずかしいけれども、もっと体温が欲しい。直に触れてほしい。愛撫されたい。こんなふうに昂奮して、せつない気持ちで相手を求めたことは一度もなかった。

「藍珪……直に触れ」

渋々命じる翡水に、藍珪は「まだです」と告げる。

「このまま達してください」

「な……」

「いろいろなあなたを、目に焼きつけておきたい。たとえあなたと引き離されても、忘れないように」

「よせ」

折角心が通じ合ったのに、そんな悲しいことを言わないでほしい。

「たとえ話ですよ、翡水様」

藍珪は悪戯っぽく笑ったが、本気だと知った翡水は覚悟するほかない。

「藍珪、このままでいいから……一度、達《い》かせて……」

「ええ。あなたは可愛いですね」

素直に頼んだ翡水の下帯の上から、藍珪はそれを舐《ねぶ》った。

「ッ」

かたちを確かめるように、藍珪が固くなったものにしつこく舌を這《は》わせる。

「出してください、翡水様。ここでも味わえるくらいに……たくさん」

「な……」

「このままでと頼んだのはあなただ。濃いのをどうぞ」

「いや、待って……やっ……」

はしたない真似をさせられているのだと思うと、嫌なのに昂奮に脳が麻痺するようだ。

本当は直に触ってほしいのに、そうされずに壊れ物のように扱かわれることに焦れ、逆に全神経が過敏になっている。

「ここも、緊張している」

藍珪は胸や花茎《かけい》だけでなく、腿《もも》や踝《くるぶし》までも薄衣越しに舐めた。

服など着ていても着ていなくても、この男は自分の全身を征服したいと思っているのだ。

その欲望に晒《さら》されることで生じる炎のような羞恥心が、逆に翡水を酔わせてしまう。

「藍珪、ら…ん……ッ」

びくびくと躰が震え、翡水はとうとう極みに達した。頭の天辺《てっぺん》から足先にまで痙攣《けいれん》が走り、翡水は足指に力を込める。布越しに舌を押しつけられ、脳髄《のうずい》がかっと熱くなる。

「味が、しますよ」

「馬鹿……」

藍珪が下帯を解くと、ねっとりとした白濁がぴんと糸を引いていた。蜜にまみれたそれには触れずに、藍珪は翡水の柔肌をじっくりと検分する。

「胸も、もっと触ってほしそうだ」

「あっ」

乳首を指で摘《つま》まれて、翡水は呻き声を上げて躰を撓《しな》らせた。

着衣のときのもどかしい刺激とは、まるで違う。

指の腹と腹でそっと挟まれて、解すように指先で転がされる。

藍珪は未知の器官を愛《め》でるように、翡水の右の乳首に恭《うやうや》しく吸いついてきた。

「あ、あっ！　待って……や……」

熱く弾力のある舌でそこを舐められ、ぬめった感触にあっという間に性感を煽《あお》られる。

「少し、色が濃くなった。それに、大きくなりましたね。前はどれくらいだったか、知っていますか？」

桃華郷で客に胸を弄られているうちに、随分それが大きく、色濃くなってしまったのは知っていた。だけど、自分の乳首のことなど、そこまでつぶさに覚えているはずがない。

「しらな……い……っ」

「昔は、せいぜいこのくらいでした」

呟いた藍珪が人差し指の腹で、乳輪の内側をそっとなぞった。それだけでぞくぞくと熱いものがこみ上げ、背筋が震えてしまう。

――どうしよう……。

くにくにと乳嘴《にゅうし》を弄られて、翡水の全身はこれ以上ないというほど汗ばんでいる。

「藍珪、胸、もう……やだ……」

乳首を弄られているだけなのに、もう、欲しくなってきた……。

「どうして？」

「尖って、痛い……」

「どのあたりが？」

「先が、痛い……ここ、痛くて…あっ！」

自分で痛いところを示そうとして、乳首の先を摘んだ翡水は思わず声を上げた。

「やっ……だめ、だめ……」

「自分で触ってはだめです。翡水、手をどけて」

窘《たしな》められて、それに従えない自分に戦《おのの》いてしまう。なのに、やめられない。

「だって……胸、嫌…あ、あ、…や、やぁ……」

やめなくてはいけないとわかっているのに、乳首を自分で摘んで紙縒《こより》を作るように捩《よじ》り合わせていると、ますます止まらなくなった。

「では、こちらはあなたがどうぞ」

右の胸を自分で弄るように言われて、翡水は一方の手指で乳輪を押し広げ、その中から慎ましやかな乳嘴を摘み出した。

「こちらは、私が」

囁く藍珪の歯が、かちかちと翡水の乳頭に当たって、それがたまらなく気持ちいい。

翡水は腰を蠢《うごめ》かして、勃ち上がったそれを無意識のうちに藍珪の下腹に押しつける。

「藍珪……藍珪……」

本当は、早く挿れてほしかった。

胸を弄られれば弄られるほど、まだ自分は満たされていないという思いが強くなるのだ。

「こちらで達ってください」

「でも、待って……あ、いや、無理……だめ、あっ……ああっ！」

躰がぐうっと撓《しな》り、翡水は白濁を吐き出す。白い蜜が飛び散り、翡水の膚のみならず藍珪の下腹部をも濡らした。

はあはあと全身で息を吐く翡水を見下ろし、藍珪がせつなげに告げる。

「あのとき、あなたの目を美しいなどと言わねばよかった。そうすればあなたのこの膚を、誰にも許さずに済んだ」

「だが、それ…では……」

射精の余韻が残っていた翡水は、息も絶え絶えに呟く。

「それでは？」

「おまえ、を……みられ……な……」

漸《ようよ》う吐き出す翡水に、藍珪は「可愛いことを」と呟いて貪《むさぼ》るようにくちづけてくる。口移しで唾液を注がれ、翡水は夢中でそれを飲み下した。

「ん、んっ……んーっ」

長いくちづけのあとに、藍珪は今度は翡水の膚を撫でることに専念したようだ。

「次は、こちらです」

「ッ」

肘の内側のやわらかな皮膚を吸われ、くすぐったさと羞《は》じらいに翡水は身を捩《よじ》る。そんな些細な仕種でさえも快楽の種を植えつけられる、自分が恥ずかしい。

こんなふうに感じたことは、一度もない。

どうすればいいのか……自分はおかしい。変だ。

鎖骨を舐められるだけでぞくっとし、張り詰めた神経に何か信号が走るようだ。音を立てて膚にくちづける藍珪の首に腕を回し、彼を引き寄せる。そうすると、無性に安心した。

「こんなところにも痕《あと》が残る……こちらはどうですか」

翡水の腕を外した藍珪は躰をずらし膝の後ろや腿にくちづけを試し、翡水を貪《むさぼ》った。

「あっ…、馬鹿…！」

放っておかれたままの花茎は既に張り詰めているのに、このままでは苦しすぎる。

「触《さわ》って」

「翡水」

触れではなく触ってと頼んだことに驚いたのか、藍珪が目を瞠る。

「頼む、から……」

翡水は藍珪の手を力いっぱい摑む。藍珪の指。関節のところがすっと細く綺麗な指は汗ばんでおり、彼も昂奮していることがわかって……もっと胸が苦しくなった。

「ええ」

「ああっ！」

そのまま藍珪の口腔に呑み込まれて、翡水は声を上げた。

熱い。

やわらかな表皮を舌で辿られ、たっぷり唾液をまぶされると……もうだめだった。

おまけに秘所に指を忍び込ませた彼が、昂奮にふっくらと充血した襞を探ってくるのだ。

気持ち、いい。よくてよくて、蕩けてしまいそう……。

こんなにいいのは、初めてだった。

「藍珪、もう……もう…」

「何ですか？」

「挿《い》れて……」

控えめに頼む翡水を見下ろし、藍珪は左右の手で尻肉をぐっと摑んだ。

「あっ」

秘蕾《ひらい》が横に拡がり、藍珪がそこに舌先で触れる。数度外側を往復した後、細く尖らせた舌《ぜっ》端《たん》が内に入り込んできた。

「あふぅ……」

そこを擦られる快楽に、力が抜けてしまう。

力強い舌は次第に内側に入り込み、藍珪の唇が尻にひたりと当たる。全部捻《ね》じ込まれたのだとわかり、翡水の深奥がますますざわめく。

「んく……」

今度は、抜ける……そしてまた、入ってきて。

そのたびごとにまぶされた唾液が油のように、翡水の肉体を潤し、滑りをよくしていた。

「もう……」

汗で湿った躰を捩って翡水が訴えると、藍珪が「わかりました」と笑って口許を拭った。

「欲しいですか？」

「ん」

「これを？」

着衣のままの藍珪が、翡水の秘蕾を性器の尖端でなぞる。布越しであっても熱い脈動を感じ、翡水は陶然《とうぜん》となった。

「ほしい……」

口の中が粘ついて、乾いている。

「生の、おまえを……」

「どこに？」

「ここに……」

翡水は右膝を抱えるようにして、そこを示した。早く挿れてほしくて、躰が疼《うず》いている。急《せ》いた心を代弁し、蕾がひくひくと収斂《しゅうれん》しているのが、自分でもよくわかった。

「翡水様」

褥に膝を突いた藍珪が、翡水の腰を持ち上げるようにして引き寄せる。逞《たくま》しいものが触れたと思った瞬間、間髪を容れずにそれが押し入ってきた。

「んー……ッ」

「すごい……吸いついてくる」

感じ入る藍珪の言葉に、羞恥が募る。

閨《ねや》での言葉はどれも行為のための遊戯と受け止めていたが、好きな相手に言われるとこんなにも恥ずかしいものなのだと、翡水は改めて悟った。

「中が、うねってますよ」

「…い、いうな……」

「感動したんです」

ぬけぬけと言った藍珪は、蠕動《ぜんどう》する襞を掻き分けるようにして、奥深くへ入り込む。逞しい屹立《きつりつ》が襞をなぞる快楽に、翡水の濡れた唇から鼻にかかった声が溢れた。

――大きい……。

あまりの存在感に、喉奥から呻《うめ》きが漏れる。

「うぅ…ッ…」

先ほどの体勢のせいで、藍珪の胸元で抱えられた右脚が痛いが、これくらいに開かなくては、彼を受け容れられない。

それに、気持ちがいいから……この姿勢にも耐えられる。

「翡水……大丈夫ですか？」

「ん、いい……好き……」

翡水が何気なく呟くと、体内の藍珪がぐっと硬度を増した気がした。

「…好き……すきだ……」

「翡水」

身を倒してきた藍珪が翡水の唇に、嚙みつくような接吻《せっぷん》をしてくる。

舌で口腔を掻き交ぜられると、頭の奥までぐすぐすに蕩けそうになる。

「なん、で……」

「どうしました？」

「おかしい……すごく……いい、っ……なか、蕩ける……」

「ええ。あなたのこんな顔、初めて見る……綺麗だ、翡水……」

確かにそうだろう。

こんなに乱れて、気持ちよくて、じわじわと溶けてしまいそうなのは初めてだ。

何もかもが未知のことばかりで、おかしくなる。

「動きますよ」

翡水の右脚を抱えたままの藍珪の抽挿が激しいものになり、躰を掻き混ぜられる快楽に翡水はひたすら声を上げた。

「あ、あっ……あんっ……そこ、藍珪…ッ」

もっと奥まで突いてほしい。よくて、よくて……たまらないから。

「突いて、もっと……こすって…奥もっ……」

繋がった部分がじんと痺れて、たまらなく気持ちいい。

「ここですか？」

「うん、すき……好き、すき……」

好きだ。

この思いが愛というものなのだと、初めて知った。大好きな相手に抱かれることがどれほど己の心を満たすのかも、初めて知った。教えてくれたのが藍珪で、嬉しかった。

「いい、いいっ……藍珪、いい……」

大きいので中をぐちゃぐちゃにされて、感じてしまって……おかしくなる。

「翡水、すごい…締まって……」

せつない息の混じった掠れ声が、耳を打つ。

「好き、すき……好き、すきだ……」

それだけしか、自分の気持ちを訴える言葉がない気がして。

「翡水、好きです。——愛してる……」

「もう、達く……いく、だめ……藍珪、あっ、あ、ああっ！」

ぎちぎちっと締めつけながら翡水が達し、その苛烈な絞り込みに耐えかねたように、ややあって藍珪が翡水の体内に射精する。

喘ぎながらなおも小声で好きと訴える翡水の中に、藍珪が情を注ぎ込む。ついで翡水も声を上げて極め、はあはあと荒く息を吐く。

「藍珪……」

手を伸ばして彼の首に両腕を回し、息を整えた翡水は「くちづけを」とねだる。

「かしこまりました」

もう一度、藍珪が情熱的に唇を押しつけてきた。

◇　◇　◇

「そなたはわしを裏切ったのだな、翡水」

匏王《ほうおう》が憤怒の形相で、罪人として捕らえられた翡水を睨みつける。

手鎖をされた翡水は、薄汚れた衫《さん》を着せられたまま匏王の前に引き出され、玉座の前で詮議を受けていた。

放蕩《ほうとう》の挙げ句でっぷりと太った男の顔は醜く、正視に耐えない。

「おまえはその心を、ほかの男にくれてやったというわけだ。よくぞまあ、おめおめとわしの前に顔を出せたものだ」

王は言い捨て、怒りの冷めやらぬ様子で翡水の顔に唾《つば》を吐きかける。

それでも翡水は、微動だにしなかった。

「……………」

くだらぬ言い草だ。

はじめからこの心は王のものではなかったのだから、誰のことも裏切っていない。

しかし、そう言えば王をいっそう怒らせるのはわかっていた。

よほど腹が立っているのか、王は翡水を愛を知らぬ籠《かご》の鳥だと、あらゆる表現で何度も罵倒した。この先、愛することも愛されることもないだろうと、幾度となく呪った。

「なぜわからぬ、翡水。私は……」

王は髪を掻き毟《むし》り、何事かを呻く。

「………」

「そなたの笑うところを見たかった。だからあの藍珪とやらを、そばに置いたのだ」

王はまるで独白じみた様子で呟いてから、首を振った。

「なぜ、あの男を選んだ？　同じように匏に支配される者に対しての、同情か？」

「違う」

「では、愛していたのか？」

王が拳を作り、玉座の手すりを激しく叩いた。

「怖かったのです。私は、藍珪が怖かった……」

「……怖い、か」

王は腕組みをし、翡水を見下ろす。

じっと翡水を見つめていた王は、やがて口を開いた。

「――あの藍珪とやらは、いかに塤《けん》の者とはいえ、殺しては私の声望に傷がつく。しかし、そなたは……」

王を裏切った寵姫など、存在する価値はない。そう言いたいのだろう。

「そなたは許さぬ。だが、一応は鼓《こ》からの貢ぎ物。最後に選ばせてやろう」

「何を、ですか？」

「その目をわしに潰されてここに幽閉されるか、桃華郷の遊妓に身を落として客を取るか」

王が側仕えに持たせた剣をすらりと抜くと、その刃が煌《きら》めく。

「いずれにせよ、藍珪には生涯会うことは叶わんだろうな」

それも当然だろう。こうなった以上は、もう何も望めない。

「………」

美貌などいらない。手も足も、唇も耳も、何もいらない。

自分に必要なものは、何もない。

だけど、目は違う。藍珪がたった一つ褒めてくれた。美しいと言ってくれた。

二度と会うのが叶わないのなら、それだけは残しておきたい。

その言葉を、この心の奥底に深く沈めておいて、思い出にするために。

いや、会えなくてもいい。

藍珪に会えば自分は変わってしまう。それが怖いのだ。

彼のことを思えば熱くなるこの胸が。火照りだすこの躰が。

「桃華郷に行きます」

翡水の言葉に、思わず家来たちがざわめく。それを聞いた王は狂ったように哄笑した。

「これはいい！　あの兵士もいい面の皮だな！　命がけで攫おうとした相手が、美のみを求むる斯様《かよう》におぞましい心根の持ち主だとは！」

そして王は、ふと黙ってから静かに続けた。

「哀れよのぅ、翡水。そなたは本当に哀れじゃ……」

貞潔など、どうして必要であろうか。

この先、誰が触れても変わらないからこそ。

藍珪――おまえ以外は。

◇　◇　◇

「声が出ない……」

褥に横たわった翡水は、藍珪に背を向ける。

もうすっかり陽は落ちており、夕刻だろう。

あれから少し微睡《まどろ》み、喉を潤しては交わりというのを繰り返し、すっかりこのような時間になってしまった。

元兵士だからか、藍珪の体力は底なしだった。

拾い上げた花びらは既に萎《しお》れ、あるいは体重をかけられたせいで潰れてしまっている。

「あとで何か、喉にいい薬湯を持たせます」

すっかり解れてぐちゃぐちゃになってしまった翡水の髪を掬《すく》って唇を寄せ、藍珪が背後から告げる。

裸のうなじにくちづけられ、翡水は慌てて振り返った。

その拍子に、軋《きし》むように躰が痛む。

「おまえは、何ごとにつけてもやりすぎだ」

薄暗くなった閨で藍珪を睨みつけると、彼は微かに笑った。

「あなたが私如きを好きだとおっしゃるからです。可愛くて、可愛くて……つい夢中になってしまった」

藍珪が翡水の耳を囓《かじ》り、さも旨そうに頬を舐める。

「それは」

くすぐったさと彼の言葉の甘ったるさの双方から頬を染める翡水を見つめ、藍珪が愛しげなまなざしになる。夜目にも彼の顔は精悍《せいかん》で男らしかった。

「――事実なのだから仕方ないだろう」

翡水は藍珪に再度背を向け、それだけを言ってのける。

「私は、あなたに恨まれても仕方ないと信じていました。だから、愛してはいけないと思い込んでいた。お互いに同じ思いがあるかもしれないとは、想像もしなかった」

しみじみと悔いるように、藍珪は呟く。

「こちらを向いて、翡水。許しを請わせてください。あなたに酷い仕打ちを、何度もしてしまったことを……」

「おまえが怒るのもわかるから、いい。おまえも苦しんだのだろう？」

「翡水」

「それで帳消しだ。私は、おまえが……好きだ」

藍珪に好きと言われて、嬉しかった。心が震えた。

これまでの苦しみも悲しみも、全部――忘れてしまえるほどに。

それは、なんて幸せなことなのだろう。

「でも、本当に借金を返したのですか？　足抜けではなく？」

藍珪の疑問も尤《もっと》もだった。

「王は——私が愛を知ったら、あそこから追い出せと言って、玉卮《ぎょくし》の店に置いていていたのだ」

「愛を？」

「……そうだ」

翡水は藍珪に背を見せたまま続ける。

「そなたが来なくなったあと、淋しくてたまらなかった。私は欠けていたものに気づかされた。最初からずっとそなたを好きだったのに……この気持ちの意味を、知らなかった」

ただただ、怖いだけだと思っていた。

こんなふうに心臓が痛むのも、苦しいのも、全部。

でも、それは間違っていた。

翡水はきっと、最初から藍珪のことが好きだったのだ。

「翡水」

背後からぎゅっと抱き締められて、翡水はそのなまなましいぬくもりに息をつく。

「愛しています」

「——うん」

俯きつつ、翡水はこっくりと確かに頷く。

「だから……私のそばにいてください」

「だが、私は……」

そのような幸福を受け取る権利が、果して自分にあるのか。

「匏王は代替わりしたし、心配ないでしょう。ですが、念のため暫くは、ここから少し離れたところで、静かに暮らしませんか」

王はおそらく、己を憎んではいないだろう。

今なら、なぜ王が玉卮とあの変わった約束をしたのか、わかる気がするのだ。

王は、愛を知らぬ翡水を彼なりに哀れんでくれたのではないか、と。

「藍珪……私でよいか？」

勇気を出した翡水は藍珪を振り返り、彼の瞳を見つめる。

「勿論。星のように、綺麗だ……あなたは私の星だ」

「違う、藍珪。それはおまえのほうだ」

情熱的な行為のあとで髪を乱した藍珪の目に、自分が映っている。

「え？」

「おまえが、私の星……道しるべだ」

藍珪こそが、自分の星。

行き先に惑う翡水を愛という光で導いてくれる、宵空に輝く唯一の星だった。

あとがき

こんにちは、和泉です。

このたびは『宵星の憂い』を手に取ってくださって、ありがとうございます。

本作は『桃華異聞《とうかいぶん》』シリーズ第四弾となりますが、このシリーズは基本的に一話完結なので、どこから読んでいただいても大丈夫になっています。

いつもと違うものを目指し、今回はいろいろ初挑戦しました。結果、三角関係というか三つ巴の話というのも、三人でというのも初めてで、さじ加減に試行錯誤しつつの執筆でした。初めてだけでなく、『過去』や『敬語』など自分の好きなモチーフもたっぷり入れています。読者の皆様に楽しんでいただけたかどうかが、本当に気がかりです。ご意見ご感想、お待ちしてます！

このシリーズは中華風無国籍ファンタジーなので、用語や遊廓の仕組みなど、マイ設定が多いです。時代的にこれはあり得ないというものも出していますが、そのあたりも含めて、楽しんでいただけると嬉しいです。

新書のリンクスロマンスで展開している『神獣異聞《しんじゅういぶん》』シリーズも陽都《ようと》を舞台にした同一の世界観で書かせていただいておりますので、チェックしていただけると幸いです。

最後に、お世話になった皆様に謝辞を。

いつもイラストを楽しみにしているのですが、今回も佐々成美先生の華やかな絵に萌えまくっての執筆でした。本当にありがとうございました！　藍珪《らんけい》と恵明《けいめい》の二人はどちらも素敵で、容姿だけを考えると私には選べません（笑）。翡水《ひすい》も大変麗しく描いていただけて、とても嬉しかったです。そして今回、燼泉《じんせん》の渋いビジュアルにとりわけ身悶えました。格好良すぎます！　玉卮《ぎょくし》も凜々しくも可愛く、脇役ですが両者をもっと出せばよかったと担当さんと後悔しました……。次作もどうかよろしくお願いいたします。

担当のO様。毎度のことながら、いろいろご迷惑おかけしました。修羅場の息抜きは、O様との萌え話が心の支えです。

この本の制作に携わってくださった関係者の皆様にも、御礼申し上げます。

最後に、ここまで読んでくださった読者の皆様に、最大限の感謝の気持ちを捧げます。

それでは、次の作品でお目にかかれますように。

和泉　桂

【主要参考文献】※順不同
「妓女と中国文人」斎藤茂・著（東方書店）
「中国遊里空間　明清秦淮妓女の世界」大木康・著（青土社）

✦初出　宵星の憂い……………書き下ろし

和泉桂先生、佐々成美先生へのお便り、本作品に関するご意見、ご感想などは
〒151-0051 東京都渋谷区千駄ヶ谷4-9-7
幻冬舎コミックス　ルチル文庫「宵星の憂い ～桃華異聞～」係まで。

幻冬舎ルチル文庫

宵星の憂い ～桃華異聞～

2010年3月20日　第1刷発行

✦著者　和泉　桂　いずみ かつら

✦発行人　伊藤嘉彦

✦発行元　株式会社 幻冬舎コミックス
〒151-0051 東京都渋谷区千駄ヶ谷4-9-7
電話 03(5411)6432[編集]

✦発売元　株式会社 幻冬舎
〒151-0051 東京都渋谷区千駄ヶ谷4-9-7
電話 03(5411)6222[営業]
振替 00120-8-767643

✦印刷・製本所　中央精版印刷株式会社

✦検印廃止

ISBN978-4-344-81816-3 C0193 Printed in Japan